Beamte und Menschen

Der Autor

Wolfgang A. Gogolin, geboren 1957, publiziert in seiner Heimatstadt Hamburg. Nach dem Studium in Berlin war er kurz als Rechtspfleger und lange Jahre als Standesbeamter tätig. Zuletzt erschien im Jahre 2006 seine Kurzgeschichten-sammlung 'Beamte und Erotik'. Der Autor ist Mitglied des Freien Deutschen Autorenverbands sowie der Literatengruppe WortWerk (www.wortwerk-hamburg.de).

Bisher erschienen:

Karawane des Grauens (2002)
Der Puppenkasper (2004)
Beamte und Erotik (2006)

Für *Christl*

<u>Titelzeichnungen</u>
Gabriele Paebst, Hamburg

<u>Lektorat</u>
Lektorat Vera Hesse
Unter den Eichen 2
57635 Ersfeld
www.lektorat-vera-hesse.de

Wolfgang A. Gogolin

Beamte und Menschen

Kurzgeschichten

Bibliografische Information Der Deutschen Bibliothek:
Die Deutsche Bibliothek verzeichnet diese Publikation in der Deutschen
Nationalbibliografie; detaillierte bibliografische Daten sind im Internet
http://dnb.ddb.de abrufbar

© 2007 traveldiary.de Reiseliteratur-Verlag
Jens Freyler, Hamburg
www.traveldiary.de
ISBN 3-937274-98-7
ISBN 978-3-937274-98-0
Herstellung: Books on Demand GmbH

Sämtliche dargestellten Personen, Orte und Handlungen sind
frei erfunden. Ähnlichkeiten oder Übereinstimmungen mit
lebenden oder verstorbenen Personen wären zufällig und sind
unbeabsichtigt.

Offenbarung im Rathaus

Walter Brauer knallte das Fenster zu. Dieser dauernde Straßenlärm und die Abgase! Der Amtsrat schüttelte unwillig den Kopf, gern hätte er in einem lärmfreien Büro zum begrünten Innenhof hin gearbeitet. Aber das Zimmer des Jugendamtsleiters und stellvertretenden Bürgermeisters im Rathaus von Neudorf musste sich an privilegierter Stelle befinden: Teppichetage mit Blick auf den Marktplatz.

So richtig idyllisch war die Traumlage allerdings nicht: Unter dem rückwärtigen Fenster rauschte der Fernverkehr vorbei und brachte das spätgotische Rathaus aus dem Jahre 1954 zum Beben. Nicht minder nervte der Blick direkt in die hereinstürmenden Gesichter der beamtenhassenden Neudorfer Bürger.

Beamte mag keiner so richtig, sinnierte Brauer. Doch wenn mal einer gebraucht wird, ist das Geschrei groß. Wir Beamte sind grundehrlich, genau und pflichtbewusst. Tugenden, die man heute nur noch selten findet.

Walter Brauer liebte es, Leiter des Jugendamtes zu sein, alles verlief in ruhigen, geordneten Bahnen. Nur die zusätzliche Aufgabe als stellvertretender Bürgermeister empfand er als lästig. Jovial musste er dann sein, Verantwortung tragen, besorgt Anteil nehmen, Beschwerden bearbeiten und Minderheiten schützen. So viel moderne Verwaltungsarbeit vermochte er kaum zu stemmen. Jeder Mittwoch war ein ganz besonders harter Tag für den gestandenen Beamten. Seniorentag. Wenn alle Arztpraxen geschlossen hatten, rückten die Bekrückstockten an und haderten mit der Beamtenschaft. Das Leben konnte hart sein.

Heute war es wieder so. Brauer musste den erkrankten ersten Bürgermeister vertreten. Hämorrhoiden! Dem sensitiven Beamtengesäß war längeres Sitzen nicht mehr zuzumuten gewesen – Krankschreibung für vier Wochen. „So ein

Scheiß", dachte Amtsrat Brauer, denn in der nächsten Woche sollte über die endgültige Schließung des städtischen Kindergartens „Kunterbunt" entschieden werden. Zehntausend Euro fehlten in der Stadtkasse. Brauer wusste genau, warum der Bürgermeister kniff. Taktische Hämorrhoiden. Er seufzte.

Peter Möhring, langjähriger Kollege und Leiter des Sozialamtes, öffnete die Tür. Er sah seinen Kollegen zum Fenster hinausstarren und wusste genau, welche düsteren Gedanken ihn umschwirrten.

„Mensch, Brauer, mach es dir nicht so schwer. Das mit dem Kindergarten lässt sich nicht vermeiden." Möhring klopfte ihm freundschaftlich auf die Schulter. Die Männer sahen sich an.

„Auch wenn es sich nicht ändern lässt, gut finde ich die Kindergartenschließung nicht." Brauer brummte unwirsch.

„Wollen wir einen Kaffee trinken? Ich muss nur vorher schnell für kleine Amtsräte."

Brauer nickte und Möhring entschwand.

Maria, die Putzfrau aus Kasachstan, stand vor der Toilettentür. Breitbeinig. Mit Besen. Ein Kerl von einem Weib.

„Herr Mörrring, gutten Tag". Sie rollte das „r" in seinem Namen. „Alles gutt?" Marias Augenbrauen schossen in die Höhe.

„Alles gut!" Amtsrat Möhring lächelte höflich, erledigte das Geschäftliche und hinterließ eine deutliche Duftmarke. Hände waschend überlegte er, das Fenster zu öffnen und verwarf den Gedanken wieder. Maria fegte den Vorraum. Vorsichtig drückte er sich an ihr vorbei. Fünf Sekunden später, auf halber Strecke zum Käffchen, erreichte ihn ein entmenschter Schrei. Maria kreischte aus Leibeskräften.

Möhring erstarrte.

„Also, so schlimm ist es nun auch wieder nicht!"

Maria schlug sich auf die Brust und heulte weiter. Zaghaft

lenkte er ein.

„Gut, gut ... beim nächsten Mal lüfte ich. Ganz bestimmt.“ Brauer dackelblickte sie an. Maria fiel auf die Knie. Ihr massiger Körper platschte zu Boden. Der bunte Kittel und das nach hinten gebundene Kopftuch bildeten eine seltsame Einheit mit dem noch seltsameren Verhalten. Sie schrie, hob die Hände zum Himmel und weinte. Herzzerreißend. Möhring wurzelte an.

„Pst“, wisperte er ihr zu, „nun machen Sie doch nicht so einen Aufstand hier!“

Stellvertretender Bürgermeister Brauer und zehn andere Kollegen stürmten aufgeschreckt aus ihren Zimmern.

„Jessusss!“, ihre schwere Brust vibrierte.

„Was hat sie denn?“ fragte Brauer.

Möhring schüttelte den Kopf. „Ich möchte nicht darüber sprechen.“

Zwei beherzte Beamtinnen hoben Maria hoch.

„Jesus! Errrbarrrmen!“

Beruhigend wurde auf die Verwirrte eingeredet. Eine Beamtin flüsterte dem stellvertretenden Bürgermeister zu, die Reinigungskraft habe soeben eine Jesuserscheinung in der Toilette wahrgenommen.

Möhring und Brauer schauten sich verdutzt an. In gewisser Weise war Möhring erleichtert. Die Putzfrau trommelte weiter auf ihre bebenden Brüste ein. Immer mehr Menschen blieben stehen, Beamte und Publikum. Ein ganz forscher Forscher inspizierte die Herrentoilette. Die linke Tür wies bräunliche Brandspuren auf. Ungläubige hätten sie vielleicht als Zeichen von Jugendvandalismus gedeutet, Maria hingegen sah ihren Herrn. Auch der Toiletteninspizient, seines Zeichens Pfarrer von Neudorf, unterlag offenbarer Hysterie. Bleich kam er heraus und bekreuzigte sich. Dann faltete er die Hände und sprach: „Lasset uns beten. Der Heiland ist nah.“ Der clevere Pfarrer schien sich auf eine baldige Belebung seines Gottesdienstes zu freuen.

Stellvertetender Bürgermeister Brauer stand vor dem geöffneten Fenster und genoss die frische Luft. Den Verkehrslärm nahm er nicht wahr. Welcher Lärm eigentlich? Er hatte größere Sorgen. Seit gestern bildeten sich Menschenschlangen vor der Neudorfer Rathaus-Herrentoilette.

Sogar Frauen begehrten Zugang zur Männerlatrine. So viel Mischmasch war er nicht gewohnt. Maria ordnete gottergeben unisex die Besucherschlangen. Mundpropaganda funktionierte in der Kreisstadt noch hervorragend. Brauer fand das grauenhaft und wünschte sich Hämorrhoiden.

„Was soll ich denn machen, Möhring? Ich kann den Bürgern doch nicht das Pinkeln im Rathaus verbieten! Und was glaubst du, was los ist, wenn ich den Frauen die Herrentoilette verbiete? Die keifen doch gleich los, von wegen Frauenbenachteiligung und so." Die Beamtenhirne wurden tagaktiv.

„Brauer, du musst eine Pinkelsteuer erheben, ganz einfach. Eine Rathauspinkelsteuer. So dämmst du die Massen ein." Brauer schloss das Fenster, schlurfte zum Schreibtisch und legte den Kopf auf die Platte.

„Warum muss das mir passieren?", heulte er. „Ich bin doch nur ein kleiner Amtsrat, sozusagen nur ein klitzekleines Amtsrätchen!"

„Drei Euro, Maria. Drei Euro für einmal Pinkeln. Haben Sie verstanden?" Möhring setzte tatkräftig die Pinkelsteuer um. Bürgermeister Brauer wollte lieber mit dem Kopf auf der Tischplatte liegen bleiben.

„Kann ruhig jeder sehen, dass ich weine", jaulte er. Marias Augen dagegen leuchteten: Steuereinzugsbeamtin in Diensten Gottes, welch ein Aufstieg.

„Drrrei Euro, ich habe verrrstanden." Sie salutierte. Mit einem Holzkreuz um den Hals, Bibel in der einen und grauer Geldkassette in der anderen Hand, versah sie zackig ihren Dienst. Möhring und Brauer aber sollten sich täuschen. Trotz der Eintrittpreise rissen die Menschenschlangen nicht ab. Im

Gegenteil, die Begehrlichkeit schien eher zu steigen.

Nach drei Tagen hatten sie 1998 Euro zusammen. Möhring und Brauer blickten auf die Münzen, die beamtisch sortiert vor ihnen lagen.

„Wenn wir noch ein paar Tage durchhalten, können wir den Kindergarten für ein Jahr retten", bemerkte Brauer tonlos. Seine Stimme zitterte, er wusste wohl, dass es Unrecht war, Jesus im Klo zu vermarkten. Möhring aber sah sich mittlerweile als Rathausmanager. Endlich durfte er Kreativität zeigen. Mit großer Geste schlug er ein Kombiticket vor. Eintritt plus halber Liter heiliges Wasser aus der Amtsleitung für acht Euro. Gesegnete Kekse könnte man backen, amtliche Seligsprechungen mit Prüfplakette ausstellen und Ablass von Steuersünden erteilen. Brauer fühlte das Ende seiner Karriere nahen, hörte andererseits imaginäres Kinderlachen und wog ab.

„Acht Eurrro alles klarrr, Herrr Mörring".

Stellvertretender Bürgermeister Brauer wankte morgens nur noch zum Dienst. Bald würde alles auffliegen und dann, dann käme der Paukenschlag. Brauer sah schon den großen Verwaltungshammer auf sich niedersausen und ängstigte sich zu Tode.

Möhring hingegen befüllte munter Flaschen und versah sie mit Etikett und Dienstsiegel. Heiliges Amtswasser erwies sich als Renner. Maria legte noch eine Schippe drauf, ihre Auftritte gestaltete sie zusehends imposanter. Zu Beginn des Dienstes robbte sie, deutsch-russische Lieder singend, zur Herrentoilette, vorbei an den wartenden Menschenmassen.

„Sie hat einen Dachschaden", konstatierte Brauer, „sie hat ganz einfach einen Dachschaden." Möhring regte an, ob es nicht eindrucksvoller wäre, sie würde sich noch die Bluse vom Leib reißen. Brauer wurde schlecht.

„Wir haben das Geld zusammen!" Möhring jubelte im Bürgermeisterzimmer. Brauer grübelte. Für ein Jahr konnte der Kindergarten „Kunterbunt" überleben. Doch wie sah es mit dem beamtischen Überleben aus?

Brauer sah sich im Knast und Möhring plante, in die Werbebranche einzusteigen, als Creativdirector. Er legte die Füße auf den Schreibtisch und spann weiter. Vielleicht würde sich Maria zu einer Jungfernzeugungs-Performance überreden lassen, mit einem Kissen unter dem Kittel.

Unerwartet öffnete sich die Tür. Sehr langsam. Möhrings Füße flogen vom Schreibtisch. Brauers Herz rutschte in die Hose. Des ersten Bürgermeisters Hämorrhoiden waren vorzeitig abgeheilt. Ein weiteres Wunder. Dann schloss sich die Tür zum Amtszimmer. Ganz, ganz leise.

Ein Büro mit Innenhoflage, direkt neben den Mülltonnen, würde schon sehr bald kein Problem mehr sein.

Perspektiven in Pink

„Pling." Schon wieder ein Stückchen näher an vier neuen Kirchenfenstern. „Pling, Pling." Pfarrer Julius Weber ging lächelnd mit dem samtenen Klingelbeutel durch die Reihen seiner Gemeindemitglieder. Besänftigt durch den brummenden Gesang des Männerchors und das vorangegangene Abendmahl, spendeten seine Schäfchen fleißig. Nur einige von ihnen, die schon vor dem Kreisen des Klingelbeutels eiligst die Kirche verlassen hatten, und die dickliche Dame in der dritten Reihe waren unspendabel.

Langsam leerte sich das Gotteshaus. Weiß getünchte Wände, schlichte eichene Bänke und undichte Fenster, so sah der Arbeitsplatz des Pfarrers aus. Bei scharfem Ostwind, gepaart mit einem ordentlichen Schauer, regnete es herein. Die vorgesetzte Kirchenbehörde zeigte sich mit Blick auf neue Fenster ebenso wenig großzügig wie die Klingelbeutelflüchtlinge.

Pfarrer Julius stieg auf die Empore, räumte seine Utensilien zusammen und pustete das Kerzenlicht auf dem Altar aus. Er sah auf die vertrockneten Rosen, ein Zeichen für das Leben und den Tod. Oder nur ein Zeichen für Geldknappheit? Stille.

Er drehte sich zum hölzernen Kreuz, schaute hinauf und sprach: „Herr, ich danke dir für deine Großzügigkeit. Wir werden bald neue Kirchenfenster haben." Er atmete durch. „Danke, Herr. Amen."

„Gern geschehen!" Eine gutturale Stimme lachte laut auf. Pfarrer Julius fuhr herum, wähnte er sich doch allein in der Kirche. Er schärfte seinen Blick und erspähte die geizige, füllige Frau aus der dritten Reihe. Für so etwas hatte der Pfarrer ein Gedächtnis. Verärgert zog er die Augenbrauen zusammen. Wollte sie sich über ihn lustig machen? Das Gutmenschliche in ihm kämpfte mit der anderen Seite.

„Kann ich Ihnen helfen?", fragte er das dicke Schaf trainiert professionell.

„Warum denken eigentlich alle Menschen, ich sei ein Mann?"
Der Pfarrer holte Luft, setzte ein Fragezeichen in seine Mimik und fragte: „Bitte?"

„Ich mache es dir einfach, Julius. Warum denkst du, ich sei ein Mann?"

„Warum sollte ich so etwas denken?" Er musterte die Frau.

„Weil du mich so ansprichst, Julius."
Das Fragezeichen in seinem Gesicht wurde kursiv, denn er neigte den Kopf zur Seite.

„Ich bin die, zu der du jeden Abend sprichst. Die dir zuhört in leichten und in schweren Zeiten. Die, die du anbetest, ob nötig oder unnötig. Die, die du quälst mit deiner entsetzlichen Orgelmusik. Und die dir immer alles verziehen hat." Ihre betörende Stimme ruhte in sich selbst. Julius fühlte sich so wohl, als würde er seine Lieblingsstrickjacke tragen und seine alterszernagten Pantoffeln überziehen. Unsinn, schalt er sich, sie hält sich für Gott. Was für ein dummes Weib!

„Ja, mein Lieber, genau das ist *mein* Hauptproblem." Ihre Miene verfinsterte sich, die Augen schimmerten glasig.
„Ich brauche Hilfe, Julius. Hilfe! Paradoxerweise ausgerechnet ich!"

Was soll das? oder: genug jetzt! wollte er ihr mit krauser Stirn entgegnen. Doch etwas ließ ihn innehalten. Neugierde? Er verpackte es als Nächstenliebe, ging auf die Frau zu und blieb vor der ersten Kirchenbank stehen. Sicherheitsabstand. Man konnte schließlich nie wissen, was einer Verrückten einfiel.

„Was drückt dich, mein Kind?" Er modulierte seine Stimme auf sanft und machte vertrauenerweckende Kulleraugen.

Die füllige Frau sah hoch und lächelte. „Julius, halbe Kraft. Ich habe nur *ein* Problem. Mehr nicht. Eher zwei, sozusagen."

Er verkniff sich die Bemerkung, dass er so etwas bereits geahnt hatte.

Sie rieb sich die Augen, legte die Stirn in Falten. Holte Luft.
Von weit her meinte er, Glöckchen klingeln zu hören.

„Ich habe Lampenfieber!"
Pfarrer Julius' „Bitte?" war legendär. Sein Kopf wich zurück.
„Ich habe Lampenfieber." Ratlose Stille auf beiden Seiten.

„Julius, Gott ist eine Frau. Ich bin Gott!" Sie hob ihre Stimme
und legte eine Pause ein. „Bald ist es soweit. Es wird kommen,
worauf mein Volk wartet. Sehr bald sogar. Dann werde ich
über euch richten. Doch ich habe Angst davor." Sie sah Julius
an, Julius sah sie an.
Julius wollte nicht hier sein. Lieber an einem anderen Ort zu
einer anderen Zeit.

„Ich werde vor euch stehen und euch in mein Himmelreich
aufnehmen. Doch ihr, ihr alle werdet mich als Frau sehen.
Dann werdet ihr auf meine Brüste starren und mich ausla-
chen. Gelächter wird im Himmelreich ertönen, nur anders, als
ich es erwartet habe." Gottfrau sackte zusammen. „Brüste
werdet ihr sehen. Brüste. Und dann lachen."
Julius erwog die theoretische Möglichkeit, dass tatsächlich
Gott vor ihm saß. Und verwarf sie wieder. Er sah nicht auf
ihre Brüste und lächelte trotzdem. Eine Verrückte. Er kratzte
sein Kinn.
„Wenn es soweit ist, wirst du keine Angst haben. Gott hat
keine Angst." Julius hielt sich für einen begnadeten Psychologen im Umgang mit durchgeknallten Kranken und fand sich
richtig gut.
„Nein, Julius, du bist richtig schlecht. Ich habe Angst.
Warum denkst du, Gott wäre das Gefühl der Angst fremd?
Wie ich Zorn und Mitleid empfinde, so kenne ich auch Angst.
Als es einst darum ging, meine Geschichte aufzuzeichnen, bat
ich Männer, dies zu tun. Männer in einer Männergesellschaft.
Bitte niemals einen Mann darum, etwas fehlerfrei nieder-
zuschreiben! Sie feilen, sie verschlimmbessern und am Ende
erkennst du dich selbst nicht wieder. Und natürlich – Gott
kann nur ein Mann sein! Lächerlich! Kreativ wollten sie

schreiben, doch die Gäule sind mit ihnen durchgegangen. Und jetzt, jetzt habe ich ein Problem. Am Tag des jüngsten Gerichts werden alle auf meine Brüste starren und sich ausschütten vor Lachen."

Pfarrer Julius wusste nicht, wohin ihn diese Diskussion bringen sollte. Sie erriet offensichtlich seine Gedanken. Ein Schauer lief ihm über den Rücken.

„Nun", hob er langsam an, „Frauen sind viel selbstbewusster als früher. Sieh dich um. Hier hat keine Frau Angst vor der Wirkung ihrer Brüste. Männer sind es, die heutzutage von den Frauen kleingehalten werden. Sie müssen ihnen Aufmerksamkeit zollen und den Unterhalt bezahlen. Männer müssen Geschirr abtrocknen und den Müll rausbringen. Männer sind grundsätzlich Schweine, denn sie tragen Tätergene. Frauen hingegen haben sogar eigene Parkplätze und im Berufsleben gibt es allerorten Frauenquoten. In dieser schönen Welt herrscht der Tittensozialismus. Wahrlich kein Grund, wegen der beiden Vorzüge unter Lampenfieber zu leiden!" Er war in seinem Element. Innerlich jauchzte er vor Vergnügen, gerne hätte er noch weiterschwadroniert, als ritte ihn der Teufel.

Mit geweiteten Augen sah Gottfrau ihren Gottesmann an. „Du verstehst mich einfach nicht, Julius. Warum verstehen Männer uns Frauen nie? Und auch du, du hörst nicht zu und machst dich lustig über mich. Das, mein Lieber, werde ich mit auf die Liste setzen."

Julius lächelte und mutmaßte, dass, falls dies wirklich Gott war, diese undeklarierte Liste ohnedies schon recht lang wäre.

Die gutturale Singsangstimme wurde lauter. „Ich sage dir, bald ist die Zeit gekommen. Ich freue mich auf unser Wiedersehen, Julius. Bring du meinem Volk die feministische Neuigkeit und lobe das Weib. Und sollte es jemand ernstlich wagen, mich auszulachen, so wird er sein blaues Wunder erleben!" Sie machte eine Kunstpause. „Und du auch!"

Gottfrau hatte ihre ganz eigene Antwort gefunden. Fürchteten sich andere, brauchte sie selbst keine Angst vor den anderen zu haben.

Hilf dir selbst, dann hilft dir Gott, dachte Julius belustigt. Sie hat ihre Lösung gefunden. Eine kreative Problemlösungstechnik: Strafandrohung. Aber war das für eine Frau wirklich so kreativ?

Ein infernalischer Knall ließ den Pfarrer zusammenfahren. Der Krach kam von oben. Er blickte ruckartig hoch. Alle vier Fenster waren zerborsten. Glassplitter regneten auf ihn herab. Er duckte sich und blickte zur Bank, wo die Frau gesessen hatte, dann sah er aufgeregt in alle Richtungen. Nichts. Gottfrau war weg.

Pfarrer Julius schaute nach oben und traute seinen Augen nicht. Alle vier Kirchenfenster waren neu. Absolut neu. Mit offenem Mund stand er da. Sein Gehirn registrierte nur häppchenweise die Farbe der Fenster. Die Glasfenster erstrahlten in sattem, kräftigem Pink. Noch nie hatte er ein so scheußliches Pink gesehen. Schon gar nicht bei Kirchenfenstern. Er erlebte kein blaues Wunder, sondern ein pinkfarbenes. Zudem hingen Spitzengardinen mit Motiv vor den Fenstern. Vermutlich mit kleinen, nackten Engeln. Aus seiner Perspektive konnte er das nicht genau erkennen. Eigentlich wollte er auch lieber im Ungewissen bleiben. Sein Mund stand offen und sein Geist ahnte, dass Gott eine Frau sein könnte. Er überlegte hin und her.

Nach einer Weile stillen Nachdenkens fragte er laut: „Kann Gott Brüste haben?"

Seine Frage hallte im Kirchenschiff wider. Klar und noch lauter wiederholte er seine Frage. „Kann Gott Brüste haben?" Dann prustete er los. Er lachte, lachte und lachte ...

Wilde Tiere

Das Friedhofsamt der kleinen Gemeinde Bokel lag beschaulich am Rande eines verwunschenen Waldes. Der Friedhof, den es zu verwalten gab, idyllte mit sorgsam getrimmten Buchsbaumhecken und dunkelroten Ballonastern vor sich hin. Dem Herbst modisch hinterher, rüsteten Familienangehörige die Gräber pflanzlich hoch, damit der gegnerische Grabnachbar blass aussah. Hier herrschte noch Recht und Ordnung, vor allem dank des städtischen Friedhofsamtes mit vier Beamten. Grabsteine hatten manierlich auszusehen, 150 Zentimeter Höhe nicht zu überschreiten und Inschriften sollten die Würde der Verblichenen wahren. Ob Säufer, Hure oder Beamter, als würdig galt an diesem Ort jeder. Nur tot musste er sein.

Gebhardt und Schmidt, zwei Herren in gesetztem Alter, schwatzten im Verwaltungsbüro.

„Schmidt, hast du gesehen? Unsere Damen sind schon wieder gemeinsam auf die Toilette gegangen." Gebhardt wiegte den Kopf. Er fand das Phänomen kollektiver weiblicher Toilettengänge unerklärlich. Die vier Beamten und Beamtinnen teilten sich nur ein einziges Örtchen mit zwei Spinden. Rechts die Herren, links die Damen. Ordnung musste sein. Gebhardt hatte daher mitbekommen, dass Frauen sehr oft die Spülung betätigten, um verräterische Knistergeräusche ihrer Monatsbindenproblematik zu übertönen. Wundersame Welt der Frauen. Die städtische Wasserrechnung wollte er lieber nicht sehen – über das duale Pinkeln-Gehen grübelte er allerdings weiter nach.

Schmidt brummte und runzelte die Stirn.

„Weißt du, Gebhardt, das stammt noch aus Urzeiten, ist sozusagen historisch." Er knabberte an seinem Brillenbügel und sabberte ihn ein. „Also, in der Steinzeit, da war das Pinkeln zu zweit wichtig für die Fortpflanzung. Frauen hatten ihren Zyklus anders als heute, stärker an die Phasen des Mondes gekoppelt." Beamter Schmidt lehnte sich in seinem Bürostuhl zurück, verschränkte die Arme. „Die Weibchen hatten ihre fruchtbaren Tage immer bei Vollmond, jedes Mal. Natürlich wollten sie dann einen Mann. Mindestens zwei Weibchen liefen daher los, um paarungswillige Männchen zu finden. Meistens auf einer Waldlichtung." Schmidt holte Luft. „Zu zweit zu sein, war sehr wichtig. Denn, wenn eine pullern musste, konnte die zweite Ausschau halten, ob sich ein wildes Tier näherte und die wehrlos Pullernde reißen wollte. So erklärt sich die Kollektivpullerei!" Er machte eine ausholende Geste mit dem Arm. „Nur so konnte die Menschheit bis heute überleben, Gebhardt."

Dieser sah ihn nachdenklich an. „Glaubst du wirklich, dass Frau Adomeit Angst hat, von einem wilden Tier gerissen zu werden?"

Frau Adomeit sah mit fast fünfzig, grauhaarig, bebrillt und unverdorben aus wie die späte Maria Schell. Schmidt überlegte.

„Och, Gebhardt, du machst aber auch alles kaputt." Seine hochwissenschaftliche Erklärung zerfiel in Fragmente des Unwahrscheinlichen. Oder war doch etwas daran?

Die Kollegin hatte schon den Feierabend angetreten und Frau Adomeit saß wieder in ihrem Büro. Sie stützte den Kopf auf, um nicht mit ihm auf die staubigen Akten zu knallen. Plötzlich meinte sie, einen Fehler in der Akte zu erhaschen. Sie las noch mal, ergriff hektisch die Liste der Neuzugänge, schrabte mit krummem Zeigefinger das Papier abwärts, zuckte zusammen.

„Herr Schmidt, Herr Schmidt, es ist etwas Schreckliches passiert!" Sie riss die Tür zum Nachbarzimmer auf. Gebhardt konnte gerade noch die Füße von der Heizung rutschen lassen und Kollege Schmidt verbrannte sich die Lippen an seinem Kaffee. Eigentlich hatte er noch gar keinen Schluck nehmen wollen, aber das Kreischen brachte ihn aus dem Takt. Gebhardt vermutete spontan ein wildes Tier in der Nähe.

„Es ist wirklich grauenhaft, ich werde gefeuert!"

„Was ist denn los?", fragte Schmidt undeutlich mit verbrannten Lippen.

„Und das mir!" Sie war offenbar kurz vorm Heulen.

„Keine Angst, Frau Adomeit. Beamte sind unkündbar, solange sie keine silbernen Löffel stehlen. Wir werden alles vertuschen." Sie wimmerte. Schlug die Hände über dem Gesicht zusammen. Heulkrampfte theatralisch. Schmidt zweifelte, ob das mit dem Vertuschen klappen würde.

„Ich habe Leichen verwechselt. Und eine ..."

Die Männer rissen Augen und Münder auf. Eine Leichenverwechslung, der größte anzunehmende Unfall ihrer Tätigkeit. Dabei war alles ganz unkompliziert: Jede Leiche bekam eine Nummer, dann musste sie mit dem Bestattungsinstitut und dem Sarg zusammengebracht werden. Leichenvertauschen galt als höchst unmoralisch, pietätlos und entsprach keinesfalls beamtischer Genauigkeit. Aber es herrschte Stress auf dem Friedhof, in jedem Herbst fielen die Blätter und die alten Leute, Hochsaison. Die Bürger verhielten sich furchtbar uneinsichtig und starben einfach, wann es ihnen passte. Ein derartiges Durcheinander konnte selbst den warmherzigsten und bürgerfreundlichsten Beamten böse und konfus werden lassen.

„Was?!!" Gebhardt und Schmidt schrien und Frau Adomeit hörte auf zu plärren.

„... und eine ist schon eingeäschert und begraben." Sie jaulte wieder. „Und dabei sollte die Leiche doch im Stück bleiben. Nun ist die Falsche ganz und die sollte doch Asche sei...hei... hein!" Sie sprang auf, preschte zur Toilette. Türknallen und Schlosseinrasten waren zu hören.

„Warum schließen sich Frauen immer auf der Toilette ein, wenn sie nicht mehr weiterwissen, Schmidt?" Die beiden sahen sich kopfschüttelnd an.

„Wir gehen der Sache nach!" Schmidt wurde beamtenuntypisch tatkräftig. „Du holst sie vom Topf und ich besorge einen Spaten."

Frau Adomeit hatte offenbar Blütenduft „Sanfte Rose" auf

dem stillen Örtchen versprüht. „Nach Rosen duftet es nicht“, dachte Gebhardt und würgte. Er hätte doch lieber den Spaten besorgen sollen.

„Frau Adomeit ... liebe Frau Adomeit, Adomeitchen ...“ Er ließ seinen Charme spielen. Umsonst. Als Schmidt mit Spaten in der Hand erschien, verharrte sie noch immer hinter der Tür. Schmidt jedoch wusste, wie man mit Frauen umgehen musste. Die eingetretene Tür lag am Boden.

Gebhardt und Schmidt hakten Adomeitchen unter. Zwangsunterhakung. In geschlossener Dreierformation marschierten sie zur Ruhestätte. Mittlerweile war es fast dunkel geworden, der Vollmond leuchtete ihnen den Weg zum Urnengrab mit der falschen Asche. Laut Akte war die Frau nach einer Operation verstorben. An den Resten des künstlichen Kniegelenks wollte Schmidt eine Schnellidentifizierung vornehmen und sich vor Ort Gedanken über die Vertuschung machen. Normalerweise wurden solche Teile aus den sterblichen Überresten herausgesiebt. Aber das Sieb im Krematorium war schon seit einem halben Jahr kaputt und ein neues Sieb zu teuer. Erst im nächsten Jahr wollte die Stadt diese Ausgabe tätigen. Das weibliche Knisterproblem riss schließlich durch Arbeitsausfall und Wasserverbrauch enorme Löcher in den städtischen Haushalt, vermutlich würden noch ganze Volkswirtschaften an der Knisterei zugrunde gehen.

Gebhardt und Schmidt gruben und gruben. Die Kollegin hielt unter Gewaltandrohung Wache. Unheimliche Stille über den Gräbern. Nur Frau Adomeits Zähne klapperten. Rascheln aus dem nahen Wäldchen. Ein Käuzchen schrie. Frau Adomeit klapperte lauter. Der Mond schien sich mit einer Fratze über das Spektakel zu amüsieren. Ein dumpfes, metallisches Klacken. Gebhardt und Schmidt öffneten den Urnendeckel. Angeekelt bohrte Schmidt vorsichtig mit dem Zeigefinger in der Asche nach dem Kniegelenk.

„Ein wildes Tier ... Hilfe!“ kreischte Frau Adomeit und flüchtete über den Friedhof.

„Wenn du mich fragst, die braucht einen Mann". Schmidt stocherte unbeeindruckt von Frau Adomeits Schreien in der Asche umher. Der Keiler aus der Waldlichtung nahm keine Rücksicht auf beamtische Vertuschungsversuche. Er fühlte sich, seine Ehre und seine Familie bedroht. Schmidt machte einen Riesensatz. Der Keiler hatte sein Edelstes getroffen. Zeit zum Schreien gab es nicht, mitsamt der Urne flog er einen halben Meter weit. Ascheregen prasselte auf ihn nieder, das gesuchte Kniegelenk fand sich, es knallte ihm aufs Auge. Ganz sicher, resümierte er, ließe sich jetzt nichts mehr vertuschen. Gebhardt blieb mehr Zeit und er nutzte sie für einen Hechtsprung in die Rabatten. Am Boden liegend ächzte er, erdverklebte Haare standen wirr ab.

Friedhofswächter, Kollegen aus der Leichenhalle und ein Bestatter eilten herbei. Schmidt hatte recht: Vertuschen würde nicht mehr klappen.

Die indische Massage

Meinen letzten Kurzurlaub verbrachte ich mit Dieter in Husum, der grauen Stadt am Meer. Am besten gefiel uns Husums Brauhaus, wo seit 1991 ein süffiges Bier gebraut wird. So frisch es auch sein mochte, am nächsten Morgen brummte mein Schädel und ich schwor dem Teufel Alkohol für alle Zeiten ab. Nach dem Frühstückskaffee ging es ein wenig besser. Dieter wies auf ein pastellfarbenes Schild in der Hotelhalle, das mit verschnörkelter Schrift „ayurvedische Massage" anpries, für nur neunzig Euro pro Stunde „inklusive Kräutertee". Er meinte grinsend, dafür würden „auf der Reeperbahn Sonderwünsche inklusive Natursekt" erfüllt. Danach stand mir der Sinn jedoch nicht und ich buchte nach einiger Überlegung an der Rezeption die indische Massage.

Kurz vor Mittag war es soweit, die Masseurin empfing mich schüchtern lächelnd im Wellnessbereich. Sie sah gar nicht richtig indisch aus, sondern blond und blass und ein bisschen verhungert, wie man es von körnerpickenden Hardcore-Vegetariern kennt. Verhaltene, melodiefreie Entspannungs-klänge und von Teelichtern erwärmtes Sesamöl verklumpten mein Gehirn in Tateinheit mit Restalkohol derart, dass ich den Ausführungen der Dame kaum zu folgen vermochte.

„Für die ayurvedische Massage ist ein Verständnis des gesamten Systems notwendig. Öle und Techniken zu ver-wenden, mag sich zwar angenehm anfühlen, wird aber die drei Doshas nicht ausgleichen", erklärte sie ernsthaft.

„Moment", unterbrach ich verwirrt, „was sind denn Doschasse? So was hab' ich überhaupt nicht!"

Vera, so hieß die zierliche Masseurin, ließ sich jedoch nicht aus dem Konzept bringen:

„Das Ziel der Massage besteht darin, das Vata Dosha zu harmonisieren. Dazu muss zunächst Prakruti bestimmt werden, gefolgt von Vrakruti, um dann die Pitta- und Kaphakräfte zu regulieren.“

Ich war sprachlos.

Vera holte einen Fragebogen hervor und erkundigte sich einfühlsam nach meinem Befinden, Alkoholkonsum, nach vielleicht vorhandenen Gallensteinen und Allergien.

„Sie sind eindeutig ein Vata-Typ!“, erklärte sie nach meinen Antworten strahlend.

„Ich bin ein Batterietyp?“, hakte ich zweifelnd nach.

„Nein“, lachte sie, „der Vata-Typ ist einfallsreich, empfindsam, spontan, flexibel und heiter. Es sind Menschen, die eine zarte Natur besitzen, musisch veranlagt und sehr feinfühlig sind. Sie lieben geistreiche Gespräche, verstehen es, eine Konversation lebendig und ideenreich zu gestalten, lesen gerne und befassen sich eher mit geistigen Dingen.“ Damit konnte ich leben. So bin ich.

„Wenn Sie kein Problem damit haben – diese Massage wird eigentlich unbekleidet durchgeführt.“

„Ich habe damit kein Problem!“

„Gut!“, sagte sie, zog sich aber nicht aus. Also entledigte ich mich des hoteleigenen Bademantels sowie meiner modischen Calvin-Klein-Unterwäsche und legte mich bäuchlings auf die Liege. Ich konnte sogar völlig plan liegen, weil das Kopfkissen ein großes Loch für Mund, Nase und Augen hatte und den Blick auf den gänzlich unayurvedischen, grauen PVC-Boden freigab.

„Es gibt drei Arten der Berührung, die mit den drei Gunas – Sattva, Rajas und Tamas korrespondieren und die bei Abhyanga und Snehana eingesetzt werden, um Ojas zu stärken“, bekam ich zu hören, während sie mich sanft mit warmem Öl einrieb und mit kreisenden Bewegungen streichelte. Das fühlte sich schön an, wenn ich mich auch fragte, weshalb ich unbekleidet daliegen musste, denn die wirklich sensiblen Stellen sparte sie offenbar absichtsvoll aus. Vielleicht gab es keinen indischen Ausdruck dafür.

Irgendwann sollte ich mich umdrehen. Einem Poster an der Wand war zu entnehmen, dass neben Kräutertee auch „Frauentee" feilgeboten wurde. Das „facettenreiche Wesen der Frau" hätte „zu diesen zauberhaften Teemischungen inspiriert". Zur Auswahl standen „Frauenbalance (Beutel)", „Frauen-Fitness (Beutel)" und, natürlich, „Frauen-Power (Beutel)". Der Frauenbalancebeutel wollte „Frauen eine verlässliche Freundin sein im zyklischen Auf und Ab ihres Lebens", der Fitnessbeutel sollte gegen fetten Wabbelbauch helfen und der Powerbeutel mit fruchtig-lieblichem Tee war „der Kraft der Frauen gewidmet und möchte sie feiern und verehren".

Nach einer knappen Stunde war ich beinahe eingeschlafen, Vera hatte auch meine Kopfhaut üppig mit Sesamöl beschmiert und ich duftete wie ein hochkonzentriertes Chinarestaurant. Schließlich servierte sie das versprochene Tässchen mit zuckerfreiem Kräutertee – oder war es Frauentee? Husumer Bier schmeckt jedenfalls um Klassen besser.

„Am gesündesten ist eigentlich heißes Wasser", belehrte mich Vera abschließend, „es sollte zehn Minuten lang köcheln, damit sich die molekulare Struktur des Wassers ändert. Ein Liter jeden Tag, schlückchenweise getrunken, ist völlig ausreichend!" Ich lächelte schwach, gab ihr neunzig Euro und zog ernsthaft in Erwägung, Dieter doch noch nach den Einzelheiten des Reeperbahnangebotes mit Sonderwünschen zu befragen.

Der rote Fluss

Scharfer, kalter Oktoberwind trug das kleine Schiff schnell hinaus auf die Außenalster. Glitzernd spiegelte sich die Sonne auf dem aufgewühlten Wasser. Das sorgfältig gefaltete Papierschiffchen kämpfte tapfer gegen die Wellen. Seine einzige Fracht bestand aus einer Geschichte. Eine kindliche Handschrift berichtete in blauer Tinte vom roten Fluss der Traurigkeit.

„Ich heiße Roswitha und bin Alkoholikerin", stand in der Schiffswand geschrieben.

„Ich erzähle meine Geschichte, um mich von ihr befreien zu können. Das Grauen soll ein Ende haben, denn ich suche ein Leben, so wie ich es einst geführt habe. Dort, wo das Blau des Wassers und des Himmels sich treffen, dort ist mein Glaube an die Zukunft gut aufgehoben.

Das Leben, nach dem ich mich so sehne, nenne ich mein früheres 'gutes' Leben, geprägt von Liebe und Vertrauen. Immer trug ich einen samtenen Mantel aus Zuneigung meiner Familie um die Schultern. Nie hätte ich erwartet, dass ich einmal ohne diesen Mantel leben müsste. Nie. Doch die Wende kam, der Teufel spielte mit mir und setzte alles auf Rot. Ich weiß nicht, wie es dazu kommen konnte. Niemand weiß das wohl.

Georg, mein Mann, und Jana, meine zehn Jahre alte Tochter, wollten an einem schönen Spätsommertag mit dem Auto zum Baumarkt fahren. Dazu mussten sie einen Bahnübergang in Wandsbek überqueren. Die Schranke blieb zwar oben, aber die Ampel sprang auf Rot und damit auch mein Leben. Georg fuhr weiter und der Zug nach Lübeck tötete beide. Georg, Jana – ich liebe euch.

Das Letzte, was Georg und Jana sahen, war die Farbe Rot. Das Haltesignal. Der Blumenschmuck auf ihren Särgen trug die gleiche Farbe, rote Rosen, als letztes Zeichen meiner Liebe.

Der rote Fluss der Traurigkeit floss durch mein Leben. Ich

wünschte, ich hätte all den Schmerz und all den Kummer hinausschreien können. Doch ich schrie nicht. Sehr langsam fand ich heraus, dass Wein stumme Seelen zu trösten vermochte.

Meinen Alkoholismus betrachtete ich nicht als Krankheit, denn ich trank vom ersten Glas an mit Vorsatz. Anfangs gelang es mir schnell, diesen angenehmen Schwebezustand herzustellen. Später brauchte ich einige Rotweinflaschen mehr, um mich am Schweben zu halten. Aus Effektivitätsgründen entschloss ich mich daher, auf harte Sachen umzusteigen. Whisky schien mir effektiv zu sein. Johnnie Walker, Red Label, erwies sich für lange Jahre als mein bester Freund.

Goldstein lernte ich an jenem Tag kennen, als der Abwärtsstrudel meines Lebens deutlich an Tempo zugelegt hatte. Ich lehnte heulend am Fahrradständer vor meiner Sparkassenfiliale in der Wandsbeker Chaussee. Das Konto hatten sie gesperrt, zu viele rote Zahlen. Ich hasse die Farbe Rot.

Goldstein sprach mich an und versuchte unbeholfen, mich zu trösten. Er sah aus wie der Fiedler auf dem Dach, mit dichtem Rauschebart, sonnengegerbter Haut und Lachfältchen um die wachen Augen. Goldstein lebte ohne Obdach, er war Jude und er war ein Menschenfreund. Ich mochte ihn. Und er mochte mich. Wir sahen uns häufig und tranken zusammen. Wir schwebten miteinander und der rote Fluss der Traurigkeit floss für uns beide. Unser Treffpunkt lag im gelb geklinkerten Abbruchhaus am Steindamm, im ersten Stock. Ganz hinten links, auf neutralem Boden.

Dort fand mich Goldstein, als ich den roten Faden, der sich durch mein Leben zog, zerreißen wollte. Mit einer Glasscherbe hatte ich mir die Pulsadern geöffnet.

Der Vermieter hatte meine Wohnung räumen lassen und ich den letzten Rest meines alten, guten Lebens verloren. Ich sah die rote Flüssigkeit pulsierend und schnell aus mir herausrinnen. Das gesamte Rot der vergangenen Jahre ergoss sich auf den graumelierten, mit Gerümpel bedeckten Steinfußboden. Der bisher nur imaginäre rote Fluss der Traurigkeit zeigte sich in der Wirklichkeit. Die Ruhe war nah und Rot würde niemals mehr sein, die Ruhe zog mich an einen anderen Ort.

Jemand tätschelte mein Gesicht. Goldstein.

„Täubchen, gleich kommt Hilfe, bleib wach", sagte er besorgt. Ich hatte die Liebe meiner Familie verloren und auch jegliche Hoffnung. Liebe, Glaube, Hoffnung.

„Goldstein", fragte ich langsam, „welche Farbe hat der Glaube?" Er tätschelte wieder meine Wange und antwortete nicht. „Goldstein, du bist Jude. Du musst es wissen, welche Farbe hat der Glaube?", hauchte ich und schloss kraftlos meine Augen bis auf einen Spalt.

Goldstein wiegte den Kopf unschlüssig hin und her. „Wie soll ich dir einen solchen Unsinn beantworten, Täubchen?" Er sah meinen flehenden Blick und grübelte weiter. „Ich denke, der Glaube ist himmelblau. Gott wohnt im Himmel, dort ist es himmelblau", sagte er, glücklich, eine Antwort gefunden zu haben.

Dumpf schlossen sich die Türen des Notarztwagens hinter mir. Ich lag auf der Liege und Goldstein hielt schüchtern meine Hand. Er beugte sich zu mir herunter und flüsterte: „Täubchen, das machst du doch nicht wieder, solchen Unsinn. Ich habe dich doch gern." Er streichelte sanft meine Wange und ein zartes Gefühl der Liebe durchströmte mich.

Infernalisch machte sich das Martinhorn bemerkbar. Für einen kurzen Moment öffnete ich die Augen und sah, wie das Innere des Notarztwagens vom Schein des Blaulichtes in Himmelblau getaucht wurde. Himmelblau, was für eine schöne Farbe."

Der neunzigste Geburtstag

Mit einem Ruck holte Eberhard Neumann, einstmals unbescholtener Beamter des mittleren Dienstes in der Verwaltungsabteilung der Neustädter Samtgemeinde, sein Taschentuch aus der wollenen Hose. Wütende Tränen strömten sein pausbäckiges Gesicht hinab. Rot gerandete Augen und eine geschwollene Nase zeugten von einem ausgiebigen Heulmarathon und er rotzte vernehmlich ins karierte Stofftaschentuch. Der Richter aber kannte kein Erbarmen. Er schaute vom erhöhten Tisch auf den Beschuldigten. Die richterliche Brille rutschte nach unten, um den Blick auf den Ungeständigen freizugeben. Er zog eine buschige Augenbraue hoch, in Tateinheit mit Kopfschütteln.

„Beamtenbestechung ist kein Kavaliersdelikt!" Mahnend hob der Richter seinen Zeigefinger. Eberhard Neumann schluchzte. Seine Seele suchte nach einem Fluchtweg, fand jedoch keinen.

„Aber, aber ... das war doch alles ganz anders!", brachte er hervor.

An einem sonnigen Montagmorgen hatte Regierungsobersekretär Neumann seine Arbeit im Amt für Verwaltungsangelegenheiten – Fachdezernat 10 – gut gelaunt angetreten. Zwei Jubilare des neunzigsten Geburtstags sollten, wie es gute Tradition erforderte, heute von der Stadt geehrt werden. Neumann wirkte im Rahmen dieser Tradition als städtischer Geburtstagsgratulant. Als gar so annehmlich erwies sich sein Einsatz allerdings im Normalfall nicht, denn meistens konnte er sich mit den Geburtstagkindern nur brüllend unterhalten. Manchmal wurde er als geliebter Sohn erkannt und im Würgegriff einer Seniorin erbarmungslos abgeknutscht. Sogar mit einem verstorbenen Gatten war er schon verwechselt worden. „Mein Gott, er lebt!" hatte es aus der Gebrechlichen herausgetönt, Dankgebete und Wiedergeburtspreisungen schlossen sich an. Am meisten jedoch nahmen ihn die immer gleichen Geschichten über Krieg, Hunger und Auszehrung mit. Die kriegstraumatisierte Generation konnte es auch an höchsten Feiertagen nicht lassen, von Bombennächten und betäubungslosen Amputationen zu schwadronieren. Dabei dürstete es Neumann überhaupt nicht danach, in allen Einzelheiten zu erfahren, warum ein Hirn durchs Knie herausgequetscht worden war. Ihm wurde so leicht übel.

Doch es gab auch tolle Momente – wenn er als Stadtgratulant gnadenlos gestopft und abgefüllt wurde, mit Schnittchen und Sekt. Alkoholgenuss war zwar im Dienst leider verboten, aber seine Leber funktionierte gut und als spießig-beamtischer Spielverderber wollte er auch nicht gelten. Außerdem liebte er Käseschnittchen, vornehmlich solche mit einer geraffelten Gewürzgurkenscheibe und einer Andeutung Petersilie als Garnierung. Dann glühte Eberhard Neumann hoch.

Erna Dittmann war die Erste, der es diensthalber zu gratulieren galt.

„Guten Morgen!" Neumann betrat beschwingt das Altenheimzimmer. Frau Dittmann sah erschrocken in seine Richtung. Die umstehenden Besucher ebenfalls. „Liebe Frau Dittmann, ich komme von der Samtgemeinde und möchte Ihnen die besten Wünsche der Stadt zum heutigen Ehrentag überbringen!" Der Singsang seiner warmen Worte war trefflich einstudiert. Er nestelte an seiner braunledernen Aktentasche. Die Wollhose kniff im Schritt. Dem Blick von Frau Dittmann schien nichts zu entgehen. Mit einer eleganten Bewegung zog der Beamte die Ehrenurkunde heraus.

„Na, da schauen Sie mal." Er zeigte auf das büttengeränderte Blatt Papier. „Neustadt hat keine Kosten und Mühen gescheut. Diese Urkunde überreiche ich mit Stolz zu Ihrem Jubeltag!" Keine Antwort. Kein Sekt. Keine Häppchen.

Haben wohl Stacheldraht in den Taschen, dachte er unbeamtisch. So richtige Feierlaune wollte nicht aufkommen. Er hielt die Urkunde mit den goldenen Buchstaben hoch. „Wenn man ein so gnadenvolles Alter erreicht hat und noch so rüstig aussieht wie Sie, liebe Frau Dittmann, dann sollte man dem Herrgott dafür danken!" Diese Schmeichelei zog immer. Er wusste: So ein kleines rhetorisches Bonbon konnte eine ganze Party zum Beben bringen. Das Beben jedoch – blieb aus. Unsicher brach er in Gelächter aus. Einer musste ja der Erste sein. Eine blonde Frau am Fußende des Betts heulte. Nun, dachte sich der Beamte, wenn die Lieben schon bei so einem minimalen sprachlichen Kleinod flennen, dann lege ich doch einfach noch eine Schippe drauf! Er näherte sich dem Bett.

„Verraten Sie mir das Rezept für Ihr blühendes Aussehen?" Ganz nah am Bett empfand er ihren Blick doch als aufdringlich. Irgendetwas stimmt nicht, signalisierte sein Gehirn. Ein weiterer Mitfeierer heulte. Etwas mehr Farbe im Gesicht würde Frau Dittmann gut stehen. Und überhaupt. Eine fette, grünglänzende Fliege umsurrte das Pflegebett, setzte zum Sturzflug an und kroch in den geöffneten Mund des Geburtstagskindes. Keine Reaktion von der Introvertierten. Eberhard Neumann sprang zurück, warf die Gratulationsurkunde auf das frisch verleichte Geburtstagskind und entschwand wie vom Teufel gejagt. Sein Entsetzen spülte er mit einem Schluck Wodka aus dem privaten Flachmann herunter. Und mit noch einem Schluck.

Leicht angeheitert, aber geraden Schrittes machte sich Neumann auf den Weg zum nächsten Opfer. Dienst ist Dienst und Schnaps ist Schnaps. Und jetzt war Dienst. Irgendwie würde er den Schock schon überwinden. Die nächste Adresse kam ihm bekannt vor. Er hoffte, dass sich Herta Dombrowski in einem besseren Aggregatzustand befand als Frau Dittmann. Die gelb verklinkerte Vorstadtvilla sah nicht wie ein Seniorenheim aus. Sorgfältig gestutzte Buchsbäumchen und ein glänzendes Messingschild an der Haustür zeugten von Alterswohlstand. Der Beamte setzte ein würdevolles Gesicht auf und klingelte. Die Tür öffnete sich. Das Geburtstagskind war kleinwüchsig, ein bisschen verschrumpelt, aber gut beieinander, registrierte Neumann erleichtert.

„Na, mein Jung. Kommst du zum Feiern?" Er überging das unziemliche Duzen, schließlich war Alter mehr zu respektieren als sein Dienstgrad. Aber ein bisschen unbehaglich fühlte er sich doch. Mit ihrem krummen Zeigefinger wies sie ihn an, hereinzukommen. Ein langer, schmaler Hausflur. Herta voran. Hasenhoppeln.

Beamter Neumann schüttelte den angenebelten Kopf. Hatte sein Gehirn einen hoppelnden Hasen vernommen? Kichern von rechts und links. Schreie. Wieso eigentlich Schreie?

Vermutlich Freudenschreie.

Herta drückte ihn ins Wohnzimmer auf den altmodischen dunkelbraunen Diwan.

„Liebe Frau Dombrowski!" Mechanisch kramte er Urkunde und Repertoire hervor. „Ich komme von der Samtgemeinde und möchte Ihnen die besten Wünsche der Stadt zum heutigen Ehrentag überbringen." Ein breites Grinsen schloss sich an.

„Ach, Süßer das ist nett." Herta Dombrowski lächelte. Graues Haar umrahmte ihr würdevolles Gesicht. Die lederne Gesichtshaut bäumte sich zu Falten auf. Sie drückte ihm ein kaltes Glas Sekt in die Hand. Offensichtlich kannte sie sich mit Beamtenwünschen aus. Die Erfrischung tat ihm wohl. Sie lächelte fortgesetzt. Besser als angestarrt zu werden, dachte Neumann und genoss das Prickelnde.

„Hast du Lust auf mehr?" Eberhard Neumann wog ab. Auf einem Bein kann man nicht stehen.

„Warum nicht?", entgegnete er. Vielleicht gab es ja auch noch Käsehäppchen. Mit geraffelter Gewürzgurkenscheibe. Herta Dombrowski klatschte in die Hände.

„Susi, Bine, Jacqueline! Hopp, hopp, hopp! Hier ist ein emsiger Beamter."

Neumann wusste nicht, wie ihm geschah. Aber Susi, Bine und Jacqueline, spärlich rotgewandete Damen, deren Scham durch ein felliges Dreieck verdeckt wurde, hüpften herein, sie trugen rotweiße Hasenohren. Die Spitzenbüstenhalter hatten schon bessere Zeiten gesehen. Ihnen fehlten die Schamdreiecke. Vermutlich aus Kostengründen weggespart. Susi, Bine und Jacqueline kamen gleich zur Sache. Neumanns Hosenreißverschluss ratschte auf und Neumann verschlug es die Sprache.

„Mädels, der ist schüchtern." Herta Dombrowski kicherte. Genüsslich nippte sie am Sektglas. Bine zog seine Wollhose herunter.

„Ich will nicht!" schrie Neumann. Ihm fiel das Diensthandy aus der Tasche. Jacqueline hörte es piepend wählen.

„Ohh", hauchte sie ins Telefon „hier ist heute alles umsonst!" Dann warf sie es in die Ecke. Neumann zappelte. Bine meinte, es wäre besser, ihn festzuschnallen. Jacqueline meinte das auch, holte Hundehalsband und Handschellen. Neumann wurde nicht gefragt. Eingeklemmt zwischen Beinen und Brüsten hatte er keine Wahl.

„Der ist aber auch zappelig!" Susi guckte nachdenklich. „Beamter und so unruhig." Sie schüttelte ihr blondiertes Köpfchen und legte ihm das breite, mit silbernen Stacheln beschlagene Halsband um. Der Rest wurde behandschellt. Wenn der Seppel steht, ist der Verstand im Arsch, heißt es. Nicht so bei Regierungsobersekretär Eberhard Neumann. Er schrie mit vollem Verstand um Hilfe. Bine nahm das wörtlich und legte helfend Hand an. Neumanns Augen wurden groß.

„Ich habe Familie!" Doch der Blondschopf kicherte.

„Das haben sie doch alle!" Susi formte mit den Lippen ein ‚O' und stülpte ihm das O über.

Die beiden anderen schrien begeistert. „Gib mir ein ‚O'! Gib mir ein ‚O'!"

„Ooooh!", hechelte es aus Neumann heraus. Das „Hilfe" wurde zwangsgespart. Jacqueline spreizte ihre Beine, kniete über Eberhards erhitztem Kopf, schnallte ihr Felldreieck ab. Er japste. Jacqueline quiekte.

Als die Tür aufsprang und ein polizeiliches Überfallkommando einen um Hilfe schreienden Verwaltungsbeamten retten wollte, bot sich den Helfern ein unerwarteter Anblick: Eberhard

Neumann bediente gerade Jacqueline. Susi bearbeitete das Schmankerl und Bine rieb sich die Brüste. Die Jubilarin selbst ließ es ruhig angehen, trank genüsslich Sekt und formte ein ‚O‘, als sie die Hereinbrechenden sah.

„Also, also ... es gab keine Beamtenbestechung. Auch, wenn ich nichts bezahlt habe!“, heulte Eberhard Neumann. „Es war quasi eine Vergewaltigung. Oder mehr eine sexuelle Belästigung am Arbeitsplatz“, wimmerte er weiter.

Der Richter ließ sich die Sachlage noch einmal genauestens erklären. So ganz schien er den Ausführungen des Beschuldigten nicht glauben zu wollen. Sein weiser Kopf wog hin und her.

„Und diese Geschichte soll ich Ihnen abkaufen?“ Ein erneuter Eulenblick über die randlose Brille verriet Ratlosigkeit.

Eberhard Neumann jammerte weiter. Nie wieder wollte er etwas mit Neunzigjährigen zu tun haben, nie wieder! Entweder waren sie zu lebhaft oder zu tot.

„Ich habe es einfach satt, mich auf solche drastischen Situationen einzustellen. So flexibel und dynamisch bin ich nicht. Ich bin schließlich Beamter!“ Das karierte Taschentuch wurde erneut kräftig beschnäuzt.

In Anbetracht seiner bisherigen dienstlichen Unbescholtenheit und eines zuversichtlichen psychologischen Gutachtens inklusive günstiger Sozialprognose ließ der Richter Milde walten. Sein salomonisches Urteil: Zwei Wochen Betten machen, Essen austeilen und Händchen halten im Elisabethstift für ältere Damen. Regierungsobersekretär Eberhard Neumanns Lippen formten ein ‚O‘.

Aktiv-Partnerschaft

Mit quietschenden Reifen rutschte Thilo von Braun samt Opel in den ländlichen Bewässerungsgraben. Angela, seine amtlich Angetraute, kreischte auf dem Beifahrersitz. Normalerweise trieb Thilos Seelenzustand im gleichförmigen Bett des Flusses, der sich Leben nannte. Thilo verlor nie, wirklich nie die Beherrschung. In diesem Augenblick aber drohte beides zu kippen, Wagen und Reizschwelle.

Angela schrie weiter. Seine Hände umkrampften in Todesangst das Lederlenkrad und er gab sein Bestes. Die Herrschaft über den Augenblick ist die Herrschaft über das Leben. Angela quiekte. Ein Ruck, dann ruhte alles. Nur seine Frau nicht. Thilo hielt noch immer das Steuerrad fest in den Händen. Wie es aussah, würde er es so bald auch nicht loslassen. Seine geweiteten Augen starrten ins Dickicht des Waldes. Grün. Unendliches Grün. Und Angela? Für einen Moment hatte das Gehirn Thilos phonetische Wahrnehmung abgeschaltet. Gut für ihn, denn der schrille Ton weiblichen Entsetzens glich schrapenden Fingernägeln auf einer Schiefertafel. Langsam, sehr langsam schlich sich die Erinnerung an Töne ins Hirn des Fahrers zurück. Er schaute seine Frau angewidert an. Unerträglicher Schmerz im Gehörgang. „Angela, sei bitte still!“ Die nachdrückliche Schärfe des Tonfalls ließ sie sofort verstummen. Endlich Ruhe.

Nach zehn Minuten Pause ging der Angeschärften das erste Wort munter von den Lippen.

„Thilo?“ Ihr helles Stimmchen unterbrach den Wohlklang der Stille.

„Ja.“

„Geht es dir gut?“

„Ja.“ Beide sahen in den Panoramaausblick ‚Wald‘. Das aufkeimende Grün des Frühlings in der Gänze seiner Langweiligkeit würgte den sprudelnden Dialog des Mitt-Lebens-Paares ab.

„Thilo?", setzte Angela nochmals mutig an.

„Ja."

„Ich wusste, dass die Sitzung beim Arzt dich aufregen würde!"

„Ich bin nicht aufgeregt."

„Aber du siehst so aus, als wärest du aufgeregt!"

„Ich sehe auch nicht so aus, als wäre ich aufgeregt." Mit großen Augen blickte Thilo in den Wald.

„Er hat gesagt, wir sollen es überall machen." Vorsicht ist die Mutter der Porzellankiste und Kühnheit der Vater des Elefanten.

„Was?"

Angela kicherte mädchenhaft und blieb undeutlich. „Na, das ..." Unnachgiebig schloss sie keine Lücken und schob neu erworbenes Wissen nach. „... und an allen denkbaren Orten ..."

„Was? Wo?", fragte der Kurzzeitahnungslose. „Ach, das ... ja ... müssen wir jetzt reden?" Thilo punktete mit neu Erworbenem. Wozu eine Paartherapie doch gut war. Angela leckte sich die Lippen.

Wie in Gottes Namen konnte seine Frau jetzt an so etwas denken. Gerade war er knapp dem Tod entronnen, elegant dem gelben Falschfahrer ausgewichen und hatte damit verhindert, dass der heimische Friedhof Zuwachs bekam. So viele Dinge auf einmal und das als städtischer Beamter und jetzt wollte sie ... wie konnte sie nur? Seine Zündbereitschaft verharrte auf dem Nullpunkt. An allem war nur dieser Psychodoktor schuld. Der hatte behauptet, dass die einförmige Friedlichkeit ihrer Ehe unterbrochen werden müsste: Transformation einer Passivehe in eine Aktivpartnerschaft. Was für ein Dünnsinn. Aktiv – allein dieser Ausdruck zauberte hektische Pusteln ins Gesicht des erfahrenen Verwaltungsbeamten. Aber Angela wollte es so. Paartherapie in einer psychiatrischen Praxis. Jeden zweiten Freitag Dialog im Meisenheim, dabei war Thilo von Braun zufrieden mit seiner stillen Ehe. Er liebte sogar das Wörtchen „still".

„Thilo?"

„Ja."

„Willst du ES auch?"

Eine böse Falle lauert da auf ihn. Er überlegte. Lange.

„Im Auto?" Eine kurze Sachstandsanfrage erweiterte seinen zeitlichen Spielraum.

„Warum nicht?", keckte es zurück.

Er bemaß die Grundfläche des Autos im Verhältnis zum Gesäß seiner Frau und kratzte sich am Kopf. Thilo wollte nicht unhöflich wirken. Sein Hirn suchte nach Alternativvorschlägen. Auch die Welt unter seinem Nabel wartete auf feurige Vorschläge, gab es doch bisher keinen Wachstumsanreiz.

„Thilo?"

„Ja."

„Schläfst du?" Angela ließ keine Zeit mit dem Warten auf Antwort verstreichen. „Ich bin schon ganz heiß!"

Auch das noch, haderte das Zielobjekt Begierde. Wäre sie kniefrei bis zur Dauerwelle, nur mit einem Pfefferminz im Mund – dann ließe sich langfristig etwas machen. Das Sehnen nach der Glut verzehrt. Aber so musste er sich etwas einfallen lassen für einen Raketenstart. Und ganz ohne eindeutige Dienstanweisung oder Ausführungsverordnung. Eine Menge Kraftaufwand für eine gute Ehe. Manchmal muss man eben einfach Opfer bringen. Er dachte an Pamela Anderson und fingerte an Angelas Bluse herum. Angela starrte auf ihr Dekollete und auf die fummelnden Finger und wurde noch heißer.

„Ach Thilo!!!" Der Stratege ließ eine Antwort aus. Zufrieden verzeichnete er Libidozuwachs. Angela stöhnte.

Kompaktklasse, Kompaktklasse, hämmerte es in seinem Hirn. Verdammt! Das nächste Mal ein Geländewagen. Er unterbrach das Stöhnen und zerrte seine lustdurchtränkte Ehefrau aus der Kompaktklasse.

„Thilo, wohin willst du?" Er zerrte sie zum Wald. „Thilo, was machst du nur?" Warum redete sie eigentlich immer? „Im Auto ist es doch so schön warm!" Ihre Brustwarzen rieben sich an ihrem Unterhemd. „Oh, Gott ... Thilo ... hier ist es furchtbar dunkel." Er zog sie durch das Unterholz in Richtung Lichtung. Äste zischten ihr ins Gesicht. Mit beiden Händen zog sie ihre Bluse fest. Experimentierfreude ja, aber das hier ging entschieden zu weit.

Da, genau da war es, frohlockte er. Er sah den Ort des künftigen Geschehens von fern. Erstversuch in Fremdsituation, er wilderte im Sprachfundus des behandelnden Arztes. Mitten auf einer Lichtung mit einem idyllischen See. Diese Umgebung dürfte sogar dem romantischen Anspruch seiner heißen Frau genügen. Genau der richtige Ort, um sie zu nehmen. Sein Hirn triumphierte.

„Leg dich hin", raunte er ihr zu. Allein das würde sie noch wilder machen. Präzise Dienstanweisungen erhalten und sich hingeben. Begierig devot sein. Sklavin der Lust.

„Hier?!"

„Zieh dich aus!" Thilo war jetzt in seinem Element. Ihm gefiel der See, auch das Begleitgrün sagte ihm zu, schließlich würde er ohnehin nicht unten liegen müssen. Er nestelte an seiner Hose.

„Thilo, hier ist es schmutzig."

„Das willst du doch, oder?" Es ratschte. Sie legte sich nicht, er legte nach. „Ein ungewöhnlicher Ort und sofort, das wolltest du! Also runter mit dem Fummel!" Mit Nachdruck stellte er zudem fest, dass ein See wahrlich ein sehr ungewöhnlicher Ort sei.

„Das ist kein See, das ist ein Tümpel, Thilo!"
Langsam zog Angela die Bluse aus. Und unwillig den Rock herunter.

Gemeinsamkeit macht stark, dachte sie und legte sich auf den Rücken. Feuchter Lehm quatschte an ihren Flanken heraus. Aus Angst um ihre blonden Locken bettete sie ihren Kopf nicht ins Nass. Thilo sah das anders: Endlich Schmutz, wummerte es in ihm. Schmutz, Schmutz, Schmutz. Er hatte seine leckere Weidefläche direkt im Blick, es gab kein Halten mehr.

Er sprang auf sie, in sie und ließ sich so richtig gehen. Mensch und Beamter wurden locker, direkt aus der Hüfte. Der interaktive Dialog versiegte nicht.

„Oh, Gott ist das gut!" Beim Doktor, dem guten Mann, hatte er gelernt, wie wichtig das Reden war. „Oh, ja ... weiter so ..." monologisierte er.

Angelas leicht erdabgewinkelter Kopf runzelte die Stirn. Meint er mich?

Gleich einem auf dem Panzer liegenden Käfer wurde sie durchgeschüttelt. Es kläffte.

Angela sah das Rostbraun zuerst. Vermutlich ein Irish Setter. Thilo hechelte. Der Hund auch. Wohl aus der Annahme heraus, aufgrund gemeinsamen Hechelns einen Artgenossen gefunden zu haben, leckte der Hund mit seiner langen, rosafarbenen Zunge den blanken Hintern des Beamten ab.

Thilo erstarrte. Er blickte Angela an. Sie blickte zurück und zuckte mit den Schultern.

„Was ist das?" Er hatte seinen Allerwertesten nicht im Blick. Es schmatzte erneut.

„Ein Hund."

„Was?"

„Ein Hund."

Mit einem Ruck wollte der Geleckte aufspringen und das wilde Tier verjagen. Doch es ruckte nicht. Er zog. Es schmerzte. Er jaulte. Doch rucken tat es nicht. Ich will hier raus, schrie sein Hirn.

„Verschwinde!" Mit den Händen wischte er blindwütig hinter sich. Schweiß rann von seiner Stirn. Käfer Angela fühlte sich erdrückt. Thilo ruderte. Dann sah er zwei Beine. Grüne

Beine. Direkt vor sich. Die von ihm bevorzugte Tonlosigkeit trat ein.

„Na, haben wir uns ein bisschen übernommen?" raunte die sonore Stimme des Revierförsters.

Beamter Thilo von Braun und seine Gattin, die doch nur ein wenig Würze in ihr Dasein bringen wollten, hatten einen einzigen, ganz stillen, gemeinsamen Gedanken.

Mikado

Rechts der Bürotür im hamburgischen Rechtsamt punktete das Türschild in schwarzer Schrift auf weißem Grund für puristische Denkweise. ‚Manfred Schmuck' stand in der ersten Zeile, korrekt in alphabetischer Ordnung darunter ‚Burghard Trautwein'. Die Mütter der beiden Beamten hatten sich zum fulminanten Lebensstart ihrer Sprösslinge für moderne Vornamen der Fünfzigerjahre entschieden. Eigentlich hätten sich die Herren aufgrund kollektiven Erlebens sympathisch finden können, sogar richtig mögen müssen: Beatmusik, Nietenhosen, Elvistolle. Wenn nicht eine unterschiedliche Kernentwicklung stattgefunden hätte. Das seelische Bauschema der beiden entsprach hier schwarz, dort weiß, hier Kaffee, dort Tee, hier Arbeit, dort Müßiggang.

Manfred Schmuck hatte schon kurz nach sieben Uhr in der Früh seine Stifte für den Arbeitstag nach Farbe und Breite sortiert. Anschließend war der Dienstbetrieb rasant angelaufen, er griff sich die ersten Schriftstücke und versah sie mit Dienstsiegel und Unterschrift. Wenn er einen Bescheid bedienstsiegelte, bebte die Schreibtischplatte unter der geballten Macht des Beamtenzuschlags.

Burghard hingegen eröffnete seinen Tag erst um acht Uhr mit dem liebevollen Aufbrühen eines aromatisierten Tees. Sodann sah er entspannt zum Fenster hinaus, um den herbstlich bedingten Farbwechsel der Eichenblätter zu verfolgen. Seit fünf Jahren waren die beiden Beamten nun schon fest miteinander verschweißt, in einem winzigen Würfel, der sich Büro nannte.

„Sag mal, Burghard, musst du wirklich jeden Morgen dieses stinkende Zeug trinken?"

„Es handelt sich um Himbeer-Sahne-Tee, mein Lieber."

Burghard pustete sanft in die dampfende Tasse, sodass sich die kleinen Dampfringe in Richtung seines Gegenübers bewegten. „Und er schmeckt einfach köstlich!" Intensiver Himbeerduft verbreitete sich im Zimmer.

„Rosa Schwuchtelwasser zum Frühstück. Igitt!" Manfred kräuselte die Nase, lief zum Fenster, riss es auf und ließ die kalte Spätherbstluft herein. „Lass mich raten", fuhr der Angeekelte fort, „heute gibt es bei dir zum Mittagessen wieder Fisch." So falsch lag Manfred Schmuck damit nicht, es war schließlich Freitag. „Es ist mir unbegreiflich, dass erwachsene Menschen Tiere essen mögen, die neben alten Fahrradreifen schwimmen! Und seitdem es Seebestattungen gibt, ist mir diese Neigung gänzlich unbegreiflich."

Burghard Trautwein blickte versonnen in seinen Tee, rührte ihn noch einmal um. Kalte Luft im Büro. Er seufzte und suchte auf dem Grund der Tasse nach göttlicher Gerechtigkeit. Gänsehaut. Im Grunde genommen hätte er auch gleich draußen sitzen können. Manfred Schmuck war ein Frischluftfanatiker, winters wie sommers. Burghard dagegen liebte es kuschelig warm und schätzte keine klammen Finger. Kuschelwarm-Burghard ließ seinen Wahlspruch vor dem geistigen Auge in großen Blockbuchstaben erscheinen: ‚In der Ruhe liegt die Kraft.' Er dachte an einen vor sich hin plätschernden Bach. „In einem Bächlein helle, da schoss in froher Eil, die muntere Forelle ...", sang sein Hirn. Ja, auch Forellen liebte er. Ohne Fahrradreifen und Bachbestattungen, und in warmer Umgebung. Er lächelte. Burghards Sternzeichen: Stier. Ein Erdzeichen. Grundgütig bis zum Urknall.

„Ich schufte schon seit über einer Stunde wie ein Tier und du sitzt immer noch faul herum", brummelte Manfred Schmuck und riss Burghard aus seinen bächlichen Gedanken.

„Du arbeitest nicht, du ärgerst nur Menschen, Manfred." Ein schlürfender Schluck untermauerte die philosophische Betrachtungsweise. Inwendiges und äußerliches Kopfnicken schloss die Bedeutungsfülle dieser These ab.

„Was soll das denn heißen?“

„Du ärgerst Menschen, Bürger. Die wollen aber gar nicht von uns genervt werden. Daher ist es gar nicht so schlimm, ein wenig gemächlicher zu arbeiten. Dann lästern zwar alle über die faulen Beamten, aber sie bekommen wenigstens keine Bußgelder. Nur ein Beamter mit ruhiger Hand ist ein guter Beamter.“

„Unsinn! Wir müssen dem Bürger zeigen, wo es lang geht! Der braucht als Untertan eine harte Hand. Schließlich ist das Gesetz mit uns!“ Manfred manifestierte seine Meinung durch einen neuen Dienstsiegelzuschlag mit anschließendem Schreibtischplattenbeben. Gutes Gesetz gegen böse Bürger. Der Kanonendonner auf der Schmuckschen Schreibtischseite war förmlich zu riechen.

„Ach, Manfred.“ Andächtige Stille. „Irgendwann wird so ein Bürger renitent und dann?“ Die buschigen Augenbrauen des Beamten tänzelten, als wünschte er seinem Kollegen einmal genau ‚so einen Bürger‘ an den Hals. Zu Lernzwecken. Der Himbeer-Sahne-Tee verlangte plötzlich nach seinem Recht auf weißes Porzellan. Anscheinend hatte noch nicht einmal seine Blase Lust auf weitere Auseinandersetzungen.
„Ich geh mal für kleine Sachbearbeiter.“ Seine Hand zeigte zum Ausgang. Fünfzehn Minuten für die schwache Blase, exklusive Hin- und Rückweg. Ein willkommenes Päuschen. Manfred brummelte weiter.

Tief sitzender Ärger über seinen Kollegen und die uneinsichtigen Bürger und Bürgerinnen, denen er gerade Denkzettel verpasste, ließ seine Schaffenskraft zu Hochform auflaufen. Und noch ein Dienstsiegelbeben und noch eines. Manfred Schmuck aalte sich in seinem Element. Schweißperlchen rannen seine Stirn hinab.

Kreischen! Ein Urschrei! Dem Werktätigen wäre fast der Stempel aus der Hand gefallen. Orientierungslos zuckte er zusammen, als ihn eine neue Schreiwelle erfasste, er kreischte ebenfalls. Hinter ihm, ja, von genau dort kam dieses Gebrüll.

„Was-soll-das-denn-werden-wenn-es-fertig-ist?" schoss es ihm durch den Kopf. Manfred Schmuck wollte sich umdrehen, konnte aber nicht. Etwas packte ihn am Nacken. Sein Hals schnellte in die Höhe und plötzlich fühlte er etwas Hartes um denselben. Verdammt eng! Er gurgelte.

„Ich spreng dich in die Luft!", schrie das Hinter-Ihm. Eine junge Stimme, männlich. Und als ob die Drohung nicht schon genug wäre, fügte der Tobende noch „Du Beamtensau!" hinzu.

Oh Gott ... ogottogott, wimmerten die fast auf Null gebrachten Beamtengedanken. Was hat der nur gegen mich? Und wieso eigentlich Beamtensau? Er machte sich innerlich gerade. Diese Äußerung erfüllte eindeutig den Tatbestand einer Beamtenbeleidigung! Unverschämtheit! Aber er wagte keine Widerworte. Später vielleicht, nach Klärung der Sachlage. Später – ein guter Plan. Der junge Mann hinter ihm wirkte jedoch extrem aufgeregt.

„Bei der nächsten Bewegung ist Ende Gelände!", brüllte er ihm ins Ohr, dann ein Tritt gegen den Schreibtisch. Der Beamte schrak zusammen, zitterte. Er hörte noch, wie sich die Tür schloss. Dann schien alles friedlich. Beängstigend friedlich.

Manfred konzentrierte sich in der Stille. Was nur meinte er genau mit „Ich spreng dich in die Luft?" Ich-spreng-dich-in-die-Luft ... langsam erfasste er die Bedeutung des Satzes. Ich-spreng-dich-in-die-Luft. Er tastete nach dem Hals. „Hilfe", hauchte er. „Hilfe!"

Beamter Trautwein hatte mittlerweile sein Blasenpäuschen beendet. Als er ins Büro schlurfte, störte ihn die schon arg abgekühlte Luft. Der Herbst setzte frühe Anzeichen für ein Abgleiten in den Winter. Sein Kollege rührte sich nicht. Natürlich würde er wieder lüften, bis sich Eiszapfen an der Nase bildeten. Burghard Trautwein näherte sich widerwillig dem Fenster, umfasste den Griff und donnerte es zu.

Manfred Schmuck zuckte zusammen. Wimmerte.

„Was ist denn mit dir los?“ Beamter Trautwein betrachtete das Faszinosum Schmuck.

„Eine Bombe“, flüsterte Schmuck und senkte den Blick auf seine zwanzig Zentimeter hohe, starre Halskrause..

„Eine was?“

„Eine Bombe!“

„Eine Bombe?“

„Ja, eine Bombe!“ Die Stimme wurde kehlig.

„Im Ernst? Wo?“

„Am Hals, du Depp!“, krächzte es.

„Oh.“

Burghard Trautwein setzte sich.

„Und was soll ich jetzt machen?“

„Polizei rufen“, flüsterte es.

„Mein Lieber, hättest du von Anfang an auf mich gehört, befänden wir uns jetzt nicht in dieser verzwickten Lage“, dozierte Trautwein, um klarzumachen, dass nur ein erboster Bescheidempfänger dahinter stecken konnte.

„Polizei.“

„Ich habe dir immer wieder gepredigt, dass du zum Bürger netter sein sollst. Und im Übrigen ...“

„Polizei“, schluchzte Schmuck, „bitte.“

Trautwein schaute seinen weinenden Kollegen an und legte viel Mitgefühl in diesen Blick. Irgendwie sah Manfred dämlich aus. Stocksteif saß er da, mit seiner Halskrause, aufgerissenen Augen und verrotzter Nase.

„Soll ich denn jetzt die Polizei rufen?“ Er mochte den Blick kaum abwenden.

„Ja!“

Burghard Trautwein deutete mit abgespreiztem Daumen und kleinem Finger eine Telefoniergeste an und ging mit höchst besorgter Miene auf Zehenspitzen ins Nebenzimmer. Er lugte noch einmal um die Ecke. Wäre das Ding tatsächlich eine Bombe und würde explodieren, so sähe seine Seite des Schreibtisches aus wie eine vom Hochhaus abgeworfene Wassermelone.

„Alles gut?" Schmuck schniefte statt einer Antwort. „Wenn du nur auf mich gehört hättest. Kannst du nicht ein einziges Mal nachgeben und dir vornehmen, nett zu sein?" Er sah seinen Kollegen an und dachte wieder an Wassermelonen. „Sieh mal, wir können ja ganz einfach mit dem Satz beginnen: Ich will nett sein." In brenzligen Situationen sollte man die Leute beschäftigen. Die ‚Reise nach Jerusalem' kam jetzt nicht in Frage, also weiter sprachliche Beruhigungspsychologie. Schmuck hörte auf zu schniefen und starrte seinen Kollegen ungläubig an. Er wollte so etwas nicht sagen. Nicht um alles in der Welt. Dann hörte er es. Leise. Das Ticken.

„Ich will nett sein!", heulte es aus ihm heraus. „Ich will nett sein!" Er wollte wirklich nett sein und wiederholte den Satz immer schneller.

Burghard Trautwein sah ihm aus sicherer Entfernung zu.

„Nicht bewegen!", riet er. „Stell dir einfach vor, du wolltest beim Beamten-Mikado gewinnen!" Aber das Opfer hatte überhaupt keinen Sinn für Humor. Burghard hielt daher eine kleine Variation für angezeigt. „Auch zu meinem Kollegen will ich immer nett sein".

„Ich will nett sein ... Kollege ... nett ... ich ... Kollege ..."

Gar nicht schlecht, fand Trautwein. Ob er wohl auf einem Bein dazu hüpfen würde?

Kollegin Müller-Schegoleit aus dem ersten Stock, ein dickliches, spätes Mädchen, betrat das Büro, um sich ein Käffchen auf der altersschwachen Maschine zu brühen.

„Guten Morgen, meine Lieben!"

Sie war berüchtigt für ihren epischen Redeschwall ohne Punkt und Komma.

„Ist das heute nicht ein schöner Tag? Kalt aber schön!"

Die Herren starrten sich an.

„Ach ich hatte gestern so einen tollen Tag ich bin mit meiner Freundin essen gegangen beim Italiener sind die Italiener nette Kerle aber die ziehen einen schon mit Blicken aus wollen nur das Eine da muss man als Frau vorsichtig sein." Sie knipste den Automaten an.

„Manfred mein Lieber du bist ganz rot im Gesicht warum trägst du denn eine Kühlmanschette für Sektflaschen um den Hals hast du Halsschmerzen?"

Burghard Trautwein dachte spontan über sein vorzeitiges Ableben nach. Manfred Schmuck über den Begriff „Kühlmanschette". Frau Müller-Schegoleit stoppte ihren Sprachfluss. Schaute erst zu Manfred, dann zu Burghard. Die Atmosphäre kühlte plötzlich deutlich ab.

„Keine Bombe!", brachte Manfred hervor.

„Burghard warum guckst du denn so komisch ich hab übrigens deinen Sohn auf dem Flur getroffen der ist aber ganz schön groß geworden ...", monologisierte sie weiter.

„Kein böser Bürger – Dein böser Sohn!" Langsam, sehr langsam stand Manfred Schmuck auf. Ebenso langsam machte Burghard Trautwein einen Schritt zurück.

„Du Sau!" Manfred Schmuck griff an seine Halskrause, bewegte seine Hand sachte vorwärts, fand den Klettverschluss, riss die Manschette ab.

„Ich bring dich um ...", wisperte er.

„Aber Manfred! Das war doch nur ein kleiner Scherz unter Kollegen!" Beamter Trautwein ging genauso langsam rückwärts, wie Kollege Schmuck vorwärts.

„Ich will nett sein ..." Das diabolische Grinsen in den Gesichtszügen Schmucks fand Trautwein ziemlich eklig. „Ich zeige dir, wie nett ich sein kann ..." Die Schrittfolge beschleunigte sich.

„Aber, aber, Manfredchen, bitte tu nichts, was du später einmal sicher bereust! Ich kann doch alles erklären. Wirklich, es ist anders, als es ..."

Spannungswechsel

Ernst-Albrecht und Sophie Wechmar wohnten im Hamburger Stadtteil Hamm, einer ruhigen Gegend, die durch kurz nach dem Krieg entstandene Wohnblocks geprägt ist. Dunkelroter Backstein – schwarze Dächer.

Die Fertigstellung der Wohnungen lag ein halbes Jahrhundert zurück und wegen des angenehmen Umfeldes gab es noch viele, inzwischen ergraute Erstmieter. Nicht anders sah es im Wohnblock von Ernst-Albrecht und Sophie aus. Das vierstöckige Gebäude beherbergte auf jeder Etage zwei Wohnungen, sämtliche Mieter hatten das Rentenalter überschritten.

Im Sommer endete die friedliche Stimmung in der Hausgemeinschaft. Frau Berger aus der Wohnung unten hatte das Haus mit den Füßen voran verlassen und ein junges Paar zog ein. Christos und Aleka Boubaris hießen die neuen Mieter, beide um die fünfundzwanzig Jahre alt. Wegen des Namens sicherlich Griechen, vermutete Ernst-Albrecht.

Christos trug eine schwere Goldkette um den Hals, dazu ein fein geripptes Unterhemd und die immer gleiche graublaue, ballonseidene Trainingshose. Seine junge Frau kleidete sich trotz sommerlicher Temperaturen geschmackvoller. Ihr langes Haar funkelte in der Sommersonne blauschwarz. Aleka bevorzugte einen kurzen Jeansrock sowie bunte, knapp bemessene Oberteile mit Spaghettiträgern. Ernst-Albrecht freute sich über den Anblick der jungen Nachbarin, gerade vom ersten Stock aus konnte er vielversprechende Einsichten bewundern.

Ernst, wie Sophie ihren Mann kurz nannte, hatte zuletzt als Professor für Rechtswissenschaften gelehrt. Nur gelegentlich nahm er noch Aufträge an und dozierte über Schuld- und Strafrecht. Sophie führte, wie schon das ganze Eheleben lang, den Haushalt. Zufrieden, wenn auch ein wenig gelangweilt, reduzierten sie ihre Gespräche auf Wesentliches, dafür aber feinsinnig elaboriert. Das tägliche Programm unterlag eingeschliffenen Regeln und verlief in dahinplätschernder Gewohnheit. Sie standen morgens um acht auf, frühstückten. Danach erledigte Sophie die Hausarbeit, während Ernst an seinem von juristischen Handbüchern überquellenden Schreibtisch Vorträge ausarbeitete. Um zwölf Uhr wurde ein vegetarisches Mittagsmahl gegessen, danach ein Schläfchen gehalten und am Nachmittag setzten sich beide aufs Sofa und studierten die Tagespresse bei einer guten Tasse Earl-Grey-Tee. Ihre innige, vertraute Liebe bedurfte keiner Worte. Abends schliefen sie Händchen haltend ein.

Ein völlig normaler Mittwoch brachte Veränderungen.

Ernst-Albrecht und Gattin saßen schweigend am Frühstückstisch.

„Wo ist mein Hemd?“, gellte es durch das morgendlich ruhige Haus.

Der alte Wohnblock war hellhörig, Decken und Böden hatten die Bauherren angesichts des knappen und teuren Baumaterials nur mit Reet befüllt mit der Folge, dass Lebensgeräusche die Ohren der Nachbarn nahezu ungefiltert erreichten.

„Du Miststück, wo ist mein Hemd?“

Ernst und Sophie sahen sich an. Ernst hielt inne beim Abbeißen vom gebuttertern Toast.

„Ich will wissen, wo mein gebügeltes Hemd ist. Bist du zu dämlich, mir ein frisches Hemd herauszulegen?“ Klar waren die Worte von Christos zu verstehen, die weibliche Antwort blieb unverständlich, nur schrille Wortfetzen prallten an die Ohren von Ernst und Sophie.

„Ich vermute, die beiden unter uns streiten sich“, sagte Ernst nach einer Weile und setzte trotz des Lärms seine Nahrungsmittelaufnahme fort.

„Das ist nicht zu überhören“, antwortete Sophie indigniert. Stille. Mit Karacho wurde eine Wohnungstür zugeworfen, Ernst und Sophie zuckten zusammen. Sie betrachteten die

Frühstückstafel als aufgehoben, setzten den gewohnten Tagesablauf fort und Sophie zog ihren Arbeitskittel an, um die Lamperie abzustauben.

Eine Woche später, kurz vor Mittag, betrat Aleka Boubaris, schwitzend und mit schweren Einkaufstüten bepackt, das Backsteinhaus. Der Sommer zeigte sich von seiner kraftvollen Seite, die Sonne glühte und hatte den Rasen vor dem Haus dunkelbraun verbrannt. Ernst-Albrecht verpasste Alekas Auftritt mit einem besonders knappen, bauchfreien Top. Er saß ruhig im Wohnzimmer und arbeitete in seinem frisch gebügelten Baumwollhemd einen Vortrag über „Das Schuldrecht im bürgerlichen Gesetzbuch im Lichte des Grundgesetzes" aus. Sophie im bunten Kittel werkelte in der Küche, ein Topfdeckel schepperte. Nach ein paar Minuten wurde es unten laut. Aleka schrie. Der Schrei kam aus dem Wohnzimmer. Herr Boubaris brüllte druckvoll: „Du stößt mich weg wie einen räudigen Hund!"

Sophie lief zu Ernst ins Wohnzimmer, ein gelb kariertes Staubtuch in der Hand. Mit Hingabe putzte sie damit seinen Nussbaumschreibtisch. Eigentlich war das noch gar nicht nötig.

„Ich hab´ keine Böcke!", schrie das weibliche Wesen aus dem Parterre. Selten hörte man Frau Boubaris, um so intensiver an dieser Stelle des Gesprächs.

Ernst-Albrecht ließ seine silberfarbene Halbbrille ein Stückchen tiefer rutschen und zog die linke Augenbraue hoch.

„Wir haben da, nehme ich an", begann er gemächlich zu dozieren, „einen klassischen Fall von Abweisung eines unsittlichen Antrages in deutlicher Form."

„Es ist viel zu warm für so etwas", sagte Sophie kurz und putzte noch aufgeregter den Schreibtisch. Rumpelgeräusche drangen aus dem Erdgeschoss. „Wie kann du nur, Drecksstück ..."

„Dabei ist es noch nicht einmal achtzehn Uhr." Sophie schüttelte den Kopf und war im Begriff, ein Loch in die Versiegelung des Nussbaumschreibtisches zu wienern.

„Eine anständige Ehefrau darf ihren Ehemann nicht zurückstoßen. Er könnte gesundheitliche Schäden davontragen!" Die grauweißen Haare von Ernst-Albrecht umrahmten sein spitzbübisch lächelndes Gesicht.

Im Parterre deutete sich ein Crescendo an. Beide hörten angeregt zu. Ernst-Albrecht bemerkte, dass Sophie unter ihrem Kittel nur einen weißen Schlüpfer trug. Das war ihm schon länger nicht mehr aufgefallen. Er tätschelte spontan ihren Po, worauf Sophie einen erschrockenen Hüpfer machte. Unter ihnen wurde es leiser und die Wechmars zogen sich zurück. Aus ihrem Schlafzimmer erklang Gekicher – und das um zwölf Uhr mittags.

Im Hause wurden Beschwerden laut über Christos und Aleka Boubaris. Nachbarn sprachen Ernst-Albrecht und Sophie auf die lautstarke Kommunikation der beiden an. Unmut regte sich, eine negative Stimmung tat sich auf.

Eine sommerliche Woche später waren die Wechmars gerade dabei, sich die Abendnachrichten anzuhören. Danach wollten sie sich den Sonntagabendkrimi im ersten Programm ansehen und es sich in ihrem Wohnzimmer so richtig gemütlich machen. Unerwartete Nebengeräusche machten sich plötzlich breit.

„Hörst du? Sie streiten sich wieder." Ernst lächelte. Sophie lächelte zurück.

„Sie streiten sich im Schlafzimmer. Was hältst du davon, wenn du die Chipstüte holst und wir uns aufs Bett setzen?" Trotz arthritischer Gelenke nahm Ernst die Ecken, die er umrunden musste, um zur Küche zu gelangen, flink und geschmeidig. Aufrecht im Bett sitzend lauschten sie dem langsam eskalierenden Streit.

„Es ist kein Brot mehr im Haus!", brüllte die männliche Machostimme herauf.

„Siehst du, sie ist eine Schlampe", stellte Ernst, genüsslich seinen ersten Paprikachip ableckend, fest. Er leckte immer zuerst die Gewürze von dem Chip herunter, um danach das verbleibende Geschmacksneutrum zu vertilgen.

„Ernst-Albrecht!" Wenn Sophie böse wurde, benutzte sie den vollständigen Vornamen ihres Mannes. „Wie kannst du diese Frau eine Schlampe nennen," sagte sie einen Halbton zu laut und eine Oktave zu entrüstet.

„Schlampe!" Ernst-Albrecht zerbiss den Rest-Paprikachip. Von unten drangen laute, undefinierbare Geräusche zu ihnen herauf. Wortfetzen, die nicht genau zu verstehen waren. Ernst-Albrecht stellte sein Hörgerät auf volle Lautstärke ein und auch Sophie bemühte sich, dem Streitgespräch zu folgen.

„Du elende Schlampe bist noch nicht einmal in der Lage, ausreichend Brot zu besorgen!"

„Siehst du", Ernst fuchtelte mit dem Zeigefinger herum, "er findet auch, dass sie eine Schlampe ist."

„Du willst dich doch nicht gemein machen mit so einem ..."

„Was heißt hier so einer? Er ist ein gesunder Mann!"

„Von wegen gesunder Mann! Er sieht aus, als wäre er noch nicht einmal alphabetisiert!"

Im Schlafzimmer der Wechmars wurde es lebendig. Im Schlafzimmer darunter auch. Alle vier stritten. In der unteren Wohnung eher gewöhnlich. Ernst-Albrecht dagegen versuchte, Wissen über empirische Untersuchungen in das Streitgespräch im ersten Stock zu integrieren. Ein sehr lauter, dumpfer Knall ließ sämtliche Streithähne abrupt verstummen. Aufrecht sitzend, die Chipstüte zwischen ihnen, schauten sich beide fragend an. Ernst-Albrechts Hörgerät piepte. Dann Stille.

„Meinst du, dass er sie umgebracht hat?", flüsterte Sophie.

„Mach dir keine Sorgen um die Auslegware, Blut kann keines durchsickern, sie wohnen ja nicht über uns", wisperte Ernst-Albrecht, an seinem Hörgerät fummelnd. Etwas regte sich unter ihnen. Erst ertönten leise Geräusche, noch mehr Geräusche, jetzt wurde das Stöhnen lauter. Sophie antwortete schnell und freudig, wie ein junges Mädchen. „Du hast recht, die junge

Frau lebt." Sie errötete. Ernst-Albrecht ließ einen Paprikachip im Mund zerkrachen.

Wegen der Lärmbelästigung, die von Christos und Aleka Boubaris ausging, organisierten erboste Mieter eine Unterschriftenaktion, mit der man sich beim Vermieter über das lautstarke Paar beschweren wollte. Wechmars beteiligten sich nicht daran. Als ihnen das Klemmboard mit der Petition von einem Nachbarn herübergereicht wurde, lächelte sie sich an und gaben das Utensil abwinkend zurück.

Der Sommer neigte sich dem Ende zu. Sturmböen mit Nieselregen läuteten den Herbst ein. Sophie hatte ihren Hausarzt zu einer Routineuntersuchung aufgesucht. Ihr Mann frönte seinem Schläfchen. Als Sophie zurückkehrte, kam ihr Regula von Schmidt, eine höhere Beamtenwitwe aus der Wohnung ganz oben links, im Treppenhaus entgegen. Die achtzigjährige Dame erzählte Sophie den neusten Klatsch.

„Die von ganz unten ziehen aus." Freudig nickte Frau von Schmidt dazu. „Der Hauswirt hat ihnen gekündigt. Nun kehrt endlich wieder Ruhe ein", flötete sie und gab weitere Einzelheiten zum Besten. Sophie antwortete wortkarg, dass es doch schade wäre, danach sprang sie die Stufen zu ihrer Wohnung hinauf.

Ernst-Albrecht schlief auf dem Sofa. Sie stupste ihn aufgeregt an.

„Ernst, hörst du mich?" Ernst hörte nicht und schlief weiter. Wie konnte er nur schlafen, wenn sie solche Neuigkeiten hatte. Er schnarchte. Sophie hielt ihrem Mann mit Zeigefinger und Daumen die Nase zu. Ernst-Albrecht erwachte mürrisch. Überstürzt erzählte Frau Wechmar, dass Familie Boubaris gekündigt worden sei und schon morgen ausziehen würde. Die beiden hätten eine neue Wohnung im quirligen Hamburger Szenestadtteil Eimsbüttel. Die Hausgemeinschaft habe es nun doch geschafft, Frau Regula von Schmidt sei froh darüber und vor allen Dingen über die baldige Ruhe.

„Und was sagst du dazu?“, fragte sie gehetzt.

„Sophie“, sagte Ernst-Albrecht in gesetztem Tonfall, „würdest du bitte so freundlich sein und meine Nase loslassen.“

„Mach etwas, irgendetwas, Ernst-Albrecht!“

„Ja. Aber nicht jetzt sofort. Ich werde darüber nachdenken.“ Brummelnd drehte sich er wieder um. Der gleichmäßige Rhythmus seines Schnarchens beruhigte Sophie.

Am nächsten Morgen gingen die Wechmars einkaufen. Es fehlten noch Zutaten für das vegetarische Mittagsgericht. Die milde Herbstsonne lockte zum Spazierengehen. Im Treppenhaus bahnten sie sich eine Schneise durch Berge von Umzugskartons. Familie Boubaris war allerdings nicht zu sehen. Auf dem Weg zum Lebensmittelhändler verkündete Ernst-Albrecht, dass er heute diesen vegetarischen Mist nicht zu essen gedenke. Er betonte das Wort Mist und verlangte ein anständiges Stück Rindfleisch.

Sophie war mehr als erstaunt. Niemals zuvor hatte Ernst-Albrecht ihren Speisenplan kritisiert.

„Ein Mann braucht etwas Handfestes auf dem Tisch. Ich will nie wieder etwas essen, das die Farbe Grün trägt und welk wird.“ Seine Stimme wurde männlich markant: „Im Übrigen suchen wir uns eine neue Wohnung, Sophie. Wir ziehen nach Eimsbüttel – dort ist das wahre Leben. Mach dich mit dem Gedanken vertraut. Nein, ich will jetzt keine Widerworte hören!“

Wähle!

Mondlicht spiegelt sich auf der Klinge des Messers wider, das ich vorsichtig in der Hand halte. Nur eine weit entfernte, spärlich leuchtende Laterne und der Mond trennen mich von der absoluten Schwärze des Nichtseins. Jeder Laut wirkt stärker in der Dunkelheit. Bedrohlich stärker. Trotz dieser späten Stunde besuche ich den Friedhof. So sehr ich mich auch an einen anderen Ort wünsche, das hier muss sein. Jetzt. Meine Seele ist verängstigt. Meine Hände zittern.

„Ich bin bei dir, Mutter. Hörst du mich?" Genau vor einem Jahr ist sie von mir gegangen. So plötzlich, als wäre sie auf der Flucht. Torfmoorige Kälte kriecht meine Beine hinauf. Es schaudert mich. „Die Zeit reichte nicht, dir etwas zurückzugeben, Mutter. Etwas Wichtiges, das ich nicht mehr benötige, weil deine Kraft es nutzlos gemacht hat."

Bewusstlos wurde ich in die Klinik eingeliefert. Wütend war ich, als ich zu Bewusstsein kam. Jenen Zustand den ich so sehr hasste. Eigentlich hasste ich alles in meinem Leben und auch das Leben selbst. Ich hasste meinen unfähigen Chef. Meinen Schlachter, der mir zähes Fleisch andrehen wollte, den Friseur, der mir die Haare zu kurz schnitt und den Postboten, der die Briefe zu spät brachte. Alles Versager. Ich litt unter der Unzulänglichkeit meiner Umwelt und der meinigen, ohne zu wissen, woher dieser allumfassende Hass kam und warum er im Laufe der Jahre an Stärke gewann. Der Hass mündete in Depressionen. Alle Gedanken zentrierten sich nur auf einen Punkt: Flucht.

Ich beschloss, mein Leben zu beenden. Herbstblumen zierten den Rasen vor meinem Haus an diesem Tag. Der Beschluss, den ich traf, war weder umrahmt von Bitterkeit noch umschlossen von Tränen. Nein, er war klar, durchdacht und kühl. Gewiss ungewöhnlich für eine Frau. Aber passend für einen regnerischen Oktobertag. Ich setzte mein Vorhaben um. Allerdings nicht ganz so, wie ich es mir wünschte. Ich überlebte und hasste mich dafür. Die Selbsttötung zu überleben, ist der Gipfel der Unzulänglichkeiten. Meine Mutter meinte dazu, dass Fehler die Grundlage aller Erkenntnisse seien.

Psychologen erkundeten meine Seele. Doktoren dokterten an mir herum. Jede Entscheidung eines Menschen sollte respektiert werden. Warum nicht diese?

Ich durfte Regierungen wählen, ich durfte mich überschulden. Läge mir der Wunsch nahe, mich zu prostituieren, wäre das erlaubt. Nur eines durfte ich nicht: mein Dasein beenden. Seltsam. Ein Leben geschenkt zu bekommen und das Geschenk nicht zurückgeben zu dürfen.

Ein eisiger Windhauch streift mein Gesicht. „Mutter, ich vermisse dich so sehr." Wispern auf einem Friedhof verleiht dem Monolog unangenehme Tiefe. Gänsehautklima ohne Gänse. Ich hätte es besser lassen sollen, schlechte Gruselfilme im Fernsehen anzuschauen. Heute ist Zahltag.
Mutter und ich, meine Gedanken kreisen. Ich habe das Gefühl, dass sich heute, an ihrem Todestag, zu ihrer Todesstunde, unsere Seelen treffen werden. Gleich werde ich ein Loch graben. Eines an ihrer Seite, ganz nah an ihrer Seele. Der Wind spielt mit meinem Haar. Die Augen schließend stelle ich mir vor, sie würde über meinen Kopf streicheln und alles wäre gut.

Viele Wochen brauchte ich in der Klinik für designierte Körperflüchtlinge, um zu begreifen, dass der Staat, meine Freunde und meine Mutter mich unbedingt halten wollten. Warum nur? Aus Liebe, Verlustangst oder um den Regeln zu entsprechen? Je größer ihr Drang war, mich zu halten, um so größer wurde meine Sehnsucht nach einer endgültigen Flucht. Ich wusste tausend Gründe, den Tod mehr zu wünschen als das Leben. Meine Kontrahenten sahen das genau umgekehrt. Tausend Gründe für das Leben. Lieben würde man mich, sagte man mir. Ich selbst sei mein größter Feind, hieß es. Aber war das ein Grund zu bleiben? Ich quälte mich und die

anderen. Nach einigen Tagen wurde Mutter stiller. Beängstigend
still.

Sonntagmorgen. Besuchszeit. Mutter kam in mein Zimmer.
Sie öffnete ihre Jacke und lächelte mich sonderbar an.

„Ich habe die Lösung für all deine Probleme mitgebracht.“

Wohlwollende Worte spülten mir entgegen. Versteckt unter
der Jacke trug sie ein dunkelblaues Kästchen. Eine Herzens-
angelegenheit. Behutsam nahm sie es in die Hände.

„Mein Kind“, begann sie, „ich habe dir das Laufen beigebracht
und dich mit dem Leben vertraut gemacht. Als du eine junge
Frau wurdest, habe ich dich gelehrt, eine Auswahl zu treffen.
Ob Beruf, Männer oder Freunde – auf die Wahl kommt es
an. Ich habe dir nie vorgeschrieben, wen oder was du wählen
sollst. Sondern nur, wie du Fehler vermeidest.“
Ich verstand nicht und sah sie fragend an. Mutter nestelte am
blauen Etui. Das güldene Schloss klappte ruckartig hoch.
Neugierig schaute ich auf den Inhalt – und war sprachlos. Im
mit Samt ausgeschlagenen Kistchen befand sich ein blitzendes,
etwa zwanzig Zentimeter langes Messer von sündhaft teurem
Aussehen. Von dem Messer ging eine seltsame Anziehungs-
kraft aus. Vorsichtig berührte ich die Klinge. Sie hatte nahezu
erotischen Reiz.

„Du willst gehen“, flüsterte meine Mutter, „dann geh, mein
Schatz.“ In meinen Adern gefror das Blut.

„Aber, aber ...“ stotterte ich. Hatte sie nicht immer davon
gesprochen, mich zu lieben und dass Selbstmord keine Lösung
war?

„Du hast gewählt, so sagst du es mir täglich. Zu lieben heißt
auch gehen zu lassen. Also geh!“ Ihr Flüstern wurde noch
leiser. „Hiermit schaffst du es. Zwei Schnitte längs der Puls-
ader.“ Sie lächelte schwach. „Keine große Kraftanstrengung,
dann hast du deine gewollte Ruhe. Es ist das schärfste Messer,
das ich erwerben konnte.“

Sie drückte mir das Kästchen in die Hand.

„Deine Qual ist zu Ende, mein Schatz. Die Qual des Lebens." Zärtlich streichelte sie über meinen Kopf, schaute mir in die Augen und ging.

Da stand ich nun. Mensch und Messer. So war das eigentlich nicht gemeint. Wochenlang hatten sich alle bemüht, mir das Leben schön zu reden und nun wurde ich plötzlich aufgefordert, mich doch zu entleiben. Von meiner eigenen Mutter! Nicht besonders mütterlich. Unmut regte sich in mir. Ich starrte das Messer an. Da erst sah ich die eingravierten Buchstaben auf der Klinge. Mutters Meuchelmesser hatte eine Inschrift: „Wähle!"

Wähle! Meine Gedanken liefen heiß. Von zwei Übeln wird sich niemand das größere aussuchen. Aber welches war das größere? Leben oder Sterben? Eigentlich hatte ich mich schon lange entschieden.

Rabenschreie zerreißen meine Gedanken. Zehn Jahre lang lag das Messer immer in meiner Nähe. So widersinnig es sein mag: Allein die Möglichkeit, zu jeder Zeit gehen zu können, veranlasste mich zum Bleiben. Mühsam habe ich gelernt, mit Unzulänglichkeiten zurechtzukommen. Meine eigenen zu akzeptieren erwies sich als die größte Hürde.

„Mutter, ich brauche ich es nicht mehr." Mit bloßen Händen grabe ich ein Loch. Ich weiß noch genau, an welcher Stelle ihre Urne abgesenkt wurde. Die Erde in meinen Händen ist feucht und modrig. Nasse Blätter, vertrocknete Zweige. Ich bahne mir den Weg. Neben ihr soll das Messer liegen. Dann wird sie wissen, dass ihre Tochter selbstständig lebensfähig ist. Sie braucht keine Krücke mehr. Dunkle Wolken schieben sich vor den Mond. Gespenstische Ruhe. Ich hatte recht. Ich fühle sie schon. Gleich ist sie bei mir.

„Danke, Mutter." Nachtwind streichelt zärtlich über meinen Kopf.

Hülle

„Herrgottnochmal!" Hochroten Kopfes preschte Sybille ins Badezimmer. Schon wieder hatte sie sich schmutzig gemacht. Sie sah ihre Hände an. Eklige Erdbeermarmelade vom Frühstücksbrötchen klebte am sonst unverschmutzten Zeigefinger. Endlich das Waschbecken. Saubere Seife, blitzblankes Waschbecken. Mit flinken Bewegungen drehte sie das Seifenstück zwischen den Händen. Schaum versprach selig machende Reinheit.

„Tut das gut!" Nach kaum einer Viertelstunde sorgfältigen Schrubbens fühlte Sybille sich sauber. Sie legte ihren Kopf zurück, atmete durch und genoss die Stille. Außerhalb des Badezimmers agierte sie als Hausfrau, Mutter und Arbeiterin – Folge ihres einst zwischen gelangweilten Lehrerinnen und teilnahmslosen Eltern verkümmerten Intellekts. Chancen hätte sie vielleicht gehabt. Aber würde ein Mädchen nicht ohnehin irgendwann bloß heiraten?

Drei Kinder, ein Ehemann, ein befristeter Fabrikjob am Stadtrand. So weit die Dinge, die in ihrem Leben nur eines bedeuteten: Arbeit! Den ganzen Tag über bedeckelte sie Dosen an einer betagten Höllenmaschine. Runde, blecherne Hüllen für Gurken oder Sauerkraut. Ihre Hände huschten mechanisch voran. Die riesige Bahnhofsuhr über dem Büro des Chefs trieb zu schnellerer Arbeit. Tick-Tack. Uhren mahnten überall, sogar auf dem gestrigen Heimweg. Die Uhr am Handgelenk hatte sie nur kurz ignoriert und deshalb beinahe den Bus verpasst. Der Haltegriff klebte. Angesichts der schaukeligen Fahrt blieb ihr nichts anderes übrig, als den widerlichen Kunststoffgriff fest zu umklammern. Nicht nur der Griff, auch Menschenfleisch klebte an ihrem Körper. Fremdes Menschenfleisch. Vor ihr und hinter ihr, kein Entrinnen. Igitt, war der Kerl eklig warm und hauchte sie auch noch an. Konnte der Widerling nicht aufhören zu atmen? Am liebsten wäre sie sofort ausgestiegen. Leute zu spüren und von ihrem Atem beschmutzt zu werden, das lag ihr überhaupt nicht. Distanzverletzung.

Fremde Menschen verletzten den Sicherheitsabstand zu ihr. Nicht-Fremde auch. Ehemann, Kinder, Freunde und Nachbarn taten es den Busmenschen gleich. „Wie lange soll ich noch auf mein Abendbrot warten?", gellte ihr Mann jeden Abend. Die Söhne stimmten regelmäßig ein. Ein Vogelnest erschien vor ihrem geistigen Auge. Ununterbrochen schrien die Jungen. Die Vogelmutter versuchte bis zur völligen Erschöpfung, den enormen Hunger zu stillen. Sie selbst hatte vier Vögel im Nest und ihr Mann war der Größte von allen. Keiner nahm Rücksicht auf ihre Grenzen. Wusste überhaupt jemand, dass sie Grenzen hatte? Sybille ruderte mit den hastigen Bewegungen einer Ertrinkenden im Sog des unpoetischen Großstadtdaseins.

Wäscheberge waschen, Fußböden scheuern und Kindergeschrei. Schuften und schwitzen in der Fabrik. Litanei eines jeden Tages. Und ihr Mann forderte den ehelichen Akt ein. Selbst Sonnenstrahlen schmerzen, wenn die Seele wund ist. Bemerkte denn niemand die Wunden ihrer Seele?
Wie gern würde ich immerzu duschen, dachte sie und schloss die Augen. Einsam unter der Dusche. Nackt. Wasser und Seife. Keine Forderungen. Keine Ansprüche. Ruhe. Allein Wasser hatte das Recht, prasselnd Erlösung zu verkünden. Busmenschen. Kollegen. Kinder am Nachmittag und Ehemann im Bett. Für sich war sie niemals. Nur, wenn sie die Badezimmertür schloss.
Wie das lustvolle Vernaschen einer Praline, deren sahniger Inhalt sanft den Körper durchfließt, empfand sie ihre Badezimmereinsamkeit. Ruhe und Reinheit. Gut. Ihre Haut sah das anders. Trocken, rissig, schuppig, gerötet. Spiegelbild der Seele. Sie sah einfach nicht hin.

„Sybille, wo ist mein blaues Sweatshirt?", rief er ihr entgegen, als sie die Tür aus ihrem Lieblingsraum öffnete. Die Erdbeermarmelade vom Zeigefinger war im Ausguss der Zivilisation. Ihr Ehemann war immer noch da. Er brüllte. Sein blaues Sweatshirt. Wo lag das Ding nur? Sorgfältig aufgestapelte Wäsche brachte er in Unordnung.

„Es ist bei der Schmutzwäsche", antwortete Sybille und ordnete den zerstörten Stapel neu.

„Dann nehme ich eben ein anderes!" Er sagte es so bedeutsam, als ob jemanden interessieren würde, welches Sweatshirt er abends dreckverschmutzt in den geflochtenen Wäschekorb werfen würde. Untermalt wurde der Wortwechsel vom infernalischen Handyklingeltontest ihres Ältesten. Während der Jüngste mit grellrotem Kopf schrie, dass er endlich sein Marmeladenbrot wollte. Nur der Mittlere war nicht zu sehen. Vermutlich döste er noch im Bett und würde erst nach mehreren Ermahnungen zum Aufstehen zu bewegen sein. Kinder eben. ‚Freude schöner Götterfunken' erklang polyfon.

Sybille ordnete, neben dem Wäschestapel, wie jeden Tag das Lebenschaos neu. Jeder, der wollte, bekam sein Marmeladenbrot und Männer, die nach blauen Sweatshirts schrien, mussten nicht nackt aus dem Haus gehen.

Ein nebliger und trüber Tag. Im Bus überlegte Sybille, wann sie abends duschen würde. Klebte etwa ihre Sitzbank? Ein korpulenter Kerl drückte seine widerlich warme Wade an ihr Bein. Sybille schüttelte sich. In der Dosendeckelfabrik würde sie sich zuerst die Hände reinigen. Sie stolperte aus dem Bus. Eine Menschin fing sie auf. Auch das noch! Schnell die Hände waschen.

Ihr Chef betrachtete die Situation differenzierter. Sybillenhände waren ihm einerlei. Er scheuchte sie auf ihren Platz, das Band lief schon. Die Hausfrau, Mutter und Arbeitnehmerin verzweifelte.

„Schmutzige Hände, schmutzige Hände", raunte ihre innere Stimme. Ein flehender Augenausdruck, eine bittende Geste – nichts konnte den hartherzigen Chef erweichen. Schmutzige Hände, schmutzige Hände.

Glänzende, leere Dosen rollten in Massen an ihr vorbei und Sybille bedeckelte sie mechanisch. Noch eine. Eine Weitere. Und noch eine. Schmutzige Hände bedeckelten Unbedeckeltes. Freude schöner Götterfunken, der Ohrwurm wand sich in ihrem Gehörgang. Glückes Ungeschick ließ eine ehemals intakte Dosenhülle verbeulen. Zu viel Stress für Hausfrau, Mutter, Arbeitnehmerin und die Hülle. Alle vier nur Ausschuss.

‚Wenn du denkst, es geht nicht mehr, kommt von irgendwo ein Lichtlein her‘. Sybilles Mutter hatte neben einer Bierflasche immer auch eine Spruchweisheit zur Hand gehabt. Die Ausschusshülle blitzte Sybille an.

„Wir sind eins“, hörte sie es plötzlich wispern. Kopfdrehen. Keiner da. „Schwestern sind wir.“ Wieder Kopfdrehen. Wirklich niemand da.

Einen Moment lang vermutete die Dosenverbeulerin ernstlich, die dellige Dose würde zu ihr sprechen.

„Schwesterchen, wir sind Ausschuss.“ Die Dose nickte ihr zu. Sybille fiepte wie ein verängstigtes Meerschweinchen. Die Uhr mahnte vergebens, schneller zu arbeiten. Das Band stockte. Sybille fiepte fortgesetzt.

„Schwesterchen! Wir beide sind nichts als leere Hüllen. Andere befüllen uns. Und manchmal bleiben wir leer. Hörst du mich?“

Kopfschüttelnd und ohne zu fiepen organisierte Sybilles Seele Widerstand. Sie war doch keine verbeulte Dose!

„Ich bin so nicht! Oh, nein!“

„Du bist genau so leer wie ich. Genau so unbefüllt. Ich hoffe auf Gurken und du auf ein besseres Leben. Wer von uns beiden hat wohl die besseren Chancen?“

„Du bist verbeult, für dich gibt es keine Gurken!“

„Und gibt es für dich ein besseres Leben?“

Sybille rann salziges Nass die Wangen hinunter und kitzelte ihr Kinn.

„Ich will aber ein besseres Leben! Ruhe! Keine Arbeit mehr! Keinen Mann mehr! Die Kinder kann er behalten. Ruhe,

Ruhe, Ruhe!", kreischte die Mutter, Ehefrau und Arbeitnehmerin. In der Hand drückte sie ihre Schwester. Der Chef begriff nicht, warum sich seine Arbeitskraft mit einer Dose unterhielt und nach Ruhe schrie. Sehr wohl aber begriff er, dass das Laufband plötzlich anhielt. Auch das silbrige Doseninferno entzog sich nicht seiner Wahrnehmung.

„Sie sollen ihre Ruhe haben!" brüllte er. „Nehmen Sie ihre Sachen und verschwinden sie!" Entgeistert starrte ihn das Geschwisterpaar an. „Raus hier!"

Der Nebel hatte sich noch nicht gelegt. Nieselregen befeuchtete das Pärchen. Sybilles Haare hingen wie tote Spaghetti herunter.

„Siehst du, jetzt ist es vorbei mit Gurken", raunte die ehemalige Arbeitnehmerin.

„Mit deinem Leben scheint es aber auch nicht besser zu werden, Schwesterchen!" Die Dose griente und Sybille bemerkte, dass sie den Heimweg eingeschlagen hatte. Kaum neun Uhr und schon nach Hause gehen? Was sollte sie dort? Duschen? Abrupt blieb sie stehen. Ihr Körper verhärtete.

„Beginnst du jetzt zu denken?" Der Silberling baute mehrere gefühlte Fragezeichen in den Satz und warf den Dosenrand in Falten. „Zuerst suchen wir uns schöne Gurken und dann kannst du dir ein schönes Leben suchen!"

Sybille überlegte. Ihr missfiel die Reihenfolge. Nicht einmal ihre Schwesterdose nahm Rücksicht. Erst sie selbst, dann eine Weile gar nichts und dann erst das schöne neue Leben. Ehefrau, Hausfrau und Ex-Arbeitnehmerin warf ihre Schwester hoch und verpasste ihr einen kräftigen Tritt. Die Dose verschwand im Grau der Nebelwand und schepperte. Sybille war allein. Mit geschlossenen Augen suchte sie nach Antworten. Ging den Weg ins Grau. Der Sprühregen legte sich auf ihre Haut. Wusch sie rein. Ex-Ehefrau, Ex-Mutter und Ex-Arbeiterin ging ihren Weg. Schritt für Schritt. Wünsche blitzten auf. Von ganz weit her, sah sie einen Lichtschein. Eine

Straßenlaterne? Wenn du denkst es geht nicht mehr, kommt
von irgendwo ein Lichtlein her ...

Prinz John

„Alle denken, im Standesamt mache das Arbeiten Spaß", seufzte der Standesbeamte Wolfgang. Endlose, schwerstöde Dienstanweisungen musste er durchlesen, hereinbrechende Urkundenbestellungen annehmen sowie mündige Bürgerinnen und Bürger glücklich machen. Schwerstarbeit für Schwerstarbeiter. Massenweise Faxe wimmerten nach Beantwortung. Dieser neumodische Bürokommunikationskram brachte nur Unbill.

Gerade spuckte das unbillbringende Gerät einen neuen Papierschwall aus. Wolfgang strafte das Fax mit unwirschem Blick. Eine Beschwerde von einem widerborstigen Bürger. Wo kommen wir denn da hin? Wolfgang überflog das Schreiben, zog die Stirn kraus und wünschte sich in jene Zeit zurück, in der es noch Ärmelschoner und Respekt vor Amtspersonen gab.

„Was?", rief er. „Ich soll unfreundlich gewesen sein?" Halsschlagader und Brust schwollen an.

„Sehe ich etwa so aus, als könne ich unfreundlich sein?"

Das leere Amtszimmer antwortete nicht.

„Ist ja wohl die Höhe! Ich soll die Schwiegermutter beleidigt haben? Nur, weil ich ihr während der Trauung gesagt habe, sie möge mit dem Geheule aufhören, schließlich seien wir nicht in einer Seehundstation?"

Wolfgang sprang auf und lief ins Archiv. Hunderte alter Personenstandsbücher stapelten sich in dem riesigen Raum. Wolfgang wollte vergessen, sich weit weg von ärgerbringendem Faxpapier positiv reinitialisieren.

„Irgendetwas umräumen", befahl eine innere Stimme. Wut braucht Beschäftigung. Er griff sich das nächstbeste Heiratsbuch, entstaubte es durch einen kräftigen Puster und ordnete es in die Regalwand ein. Ein Rollen. Des Beamten Ohren wurden spitz. Ein wogendes Rollen. Wolfgang griff hinter die

Bücher. Tastete blind ins verstaubte Dunkel und fühlte etwas. Glas. Klebriges Glas. Eine Flasche? Er schob die Bücher auseinander. Tatsächlich eine Flasche. Etwa von einem Trinkgelage? Ein Aufrechter kam dem Unrecht auf die Spur. Um eine Material- und Geruchsprüfung vorzunehmen, entkorkte er die Flasche. Stille. Dann Rauschen. Der Standesbeamte sah sich um. Rauschen? Er blickte die bläuliche Flasche an. Plötzlich eine ohrenbetäubende Detonation. Wolfgang machte einen Satz rückwärts und knallte mit dem Kopf an einen Regalpfeiler. Lilafarbener Nebel umhüllte hin und es roch süßlich. Wie das Lavendelwasser seiner Großmutter. Als der Nebel sich gesenkt hatte, stand ein zwanzig Zentimeter kleines Männchen vor ihm. Ganz in Lila. Wolfgang kreischte.

Prinz John hielt sich die Ohren zu. Er hüpfte von einem Bein auf das andere. Jeden Hüpfer unterlegte er mit dem Wort „aufhören“. Der Standesbeamte schrie immer noch.

„Aufhören, aufhören, aufhören!“ Die Beinchen huschten rhythmisch hin und her. Prinz John prüfte die Lage und nahm vorsichtig eine Hand vom Ohr. Entwarnung. Er entspannte sich und lächelte charmant.

„Hallo Wolfgang, mein Lieber. Dank dir für die Freiheit.“ Der mit lilafarbenem Staub bedeckte Beamte beäugte die hüpfenden zwanzig Zentimeter. Ein „Hallo“ dumpfte aus ihm heraus. Der Flaschengeist schüttelte seine halblangen, blonden Haare, straffte die Strumpfhose und richtete die reich verzierte Jacke. Die mittelalterliche Bekleidung mutete wie die eines Höflings an, wie die eines Adligen sogar.

„Ich bringe dir Glück!“ Mit speichelbefeuchtetem Finger ordnete er seine Augenbrauen. „Liebesglück, mein Lieber.“ Adliger und Amtsrat sahen sich an.

„Hast du schon einen Liebeswunsch?“ Der muntere Flaschengeist freute sich bereits auf seine Aufgabe. „Hast du einen Wunsch? Hast du einen Wunsch? Hast du einen Wunsch?“

Wolfgang sammelte sich.

„Wer bist du überhaupt?", rülpste es orientierungslos aus dem Beamten.

„Ich bin Prinz John und ich bin in Liebesdingen unterwegs. Derjenige, der mich befreit, soll die wahre Liebe finden. Das ist meine Bestimmung." Prinz John tanzte einen Regentanz und wackelte mit dem Hintern. Ungläubig schaute Wolfgang dem Arschgewackel zu. Es war real, obwohl es unreal sein musste. Vielleicht war nur die Kopfnuss schuld, die er beim Sprung ans Regal erhalten hatte. Aber – er lebte als Single. Und das war leider auch real. Chancen erweitern kann nie schaden, meinte sein Inneres und stupste ihn in Richtung Wunschvorstellung.

„Also gut", stolperte es aus dem sonst züchtigen Amtsrat heraus, „die nächste rassige Frau, die in meinem Amtszimmer erscheint, soll die meine werden."

Prinz John unterbrach sein Wackeln.

„Ist das etwa alles?"

„Na ja." Wolfgang rieb sich das Kinn. „Wenn wir hier schon bei wünsch-dir-was sind: Blond sollte sie sein und Kurven haben. Eng anliegende sexy Kleidung wäre auch nicht schlecht." Der Standesbeamte sabberte. Prinz John verdrehte die Augen und seufzte.

„Männer sind so leicht zu befriedigen." Dann machte es „Puff". Wolfgang saß wie von Zauberhand in seinem Büro, auf seinem Stuhl, inmitten seiner ungeliebten Bürgerfaxe. Geschah das alles wirklich? Sein lila bestäubter Anzug gab die Antwort. Wolfgang klopfte darauf herum. Ein Klopfen auch an der Tür. Warum ausgerechnet jetzt?

„Moment!", sagte Wolfgang, doch die Tür öffnete sich schon. Ein penetranter Bürger. Es blieb ihm auch nichts erspart. Wolfgang erblickte Pumps. Schwarze High Heels. Sein Hormonhaushalt schaltete auf Betriebstemperatur. Beine. Zwei. Kurzer Rock. Betriebstemperatur erreicht. Siedepunkt ansteuern. Moment, sagte sein Verstand. Rückwärtsgang.

Beine. Zwei, korrekt erfasst. Zielerweiterung. Stämmige Beine. Zwei. Behaart. Ganz vorsichtig schaute er höher. Enge Bluse. Oberweite. Viel. Gut. Er schaute noch höher. Etwas stimmte nicht. Als er blond sah, schrie er auf. Der Adamsapfel der Blondierten zitterte vor Schreck. „Mein Gott, ist der süß! Und so lila", schien die frisch Umoperierte zu denken und schenkte Wolfgang ein sündiges Lächeln. Der wuchtete sich aus dem Stuhl und bahnte sich einen Fluchtweg.

„Wo ist dieser kleine Wicht?", brüllte er, kaum, dass er das Archiv erreicht hatte.

„Komm da raus!" Er stülpte die bläuliche Flasche um und hieb mehrmals mit der flachen Hand auf ihren Boden. „Komm da sofort raus!" Wolfgang wagte einen Blick in den Flaschenhals. Jemand tippte auf seine Schulter. Er zuckte zusammen. Prinz John stand auf dem Regal über ihm und strahlte.

„Na, zufrieden?" Er zwinkerte dem Beamten zu, vollführte mit dem Becken ein eindeutiges Vor- und Zurückritual und freute sich diebisch.

„Nein!", brüllte der Standesbeamte, ein apokalyptisches „Nein". Prinz John fiel erschrocken hinters Regal. Der Standesbeamte benötigte lange, um Prinz John aus seiner misslichen Lage zu befreien, denn der wollte lieber nicht von dem Tobenden befreit werden.

Zwischen Daumen und Zeigefinger hielt Wolfgang die Kehle von Prinz John fixiert. Millimeterarbeit. Eine rollige Transe und eine Stunde Arbeit mit Regalbeseitigung. Derlei konnte erzürnen. Er hob Prinz John hoch und drückte fester zu. Der Flaschengeist gelobte zwischen einzelnen Krächzern Besserung. Wolfgang aber schüttelte und drückte weiter. Der Flaschengeist sollte niemals vergessen, dass Beamte richtige Spaßbremsen sein können. Nach einer Weile plumpste Prinz John in einen Ablagekorb. Er setzte sich ächzend auf.

„Welches ist dein nächster Wunsch, lieber Wolfgang?" Johns Oberkörper wankte, dann kippte er nach hinten, streckte alle Viere von sich. So hatte der Beamte Zeit, seinen

Wunsch zu formulieren. Ein Schwall Wasser beendete die Ruhe des Flaschengeistes.

„Ich will ... kannst du ...Ich meine ...“ Wolfgang stotterte. John hob fragend das Köpfchen.

„Du weißt schon“, druckste der Beamte und wies auf seine Hose, „ER sollte größer sein. Dann klappt es mit den Frauen von alleine.“ John lächelte verstehend.

„Ist das kleine Wolfgangchen zu klein?“, raunte er. Groß-Wolfgang nickte.

„Wie viel darf es denn sein?“

Wolfgang räusperte sich und wurde beamtisch genau:

„Zwanzig Zentimeter!“ Es pufftle lila.

Der Standesbeamte saß in seinem Büro und sah sich benommen um. Alles in Ordnung. Klopfen an der Tür. Er lehnte sich zurück. Frau Menke, die kühle, blonde Leiterin der Poststelle, brachte ein Paket. Frau Menke war wie immer reserviert – Wolfgang wie immer interessiert. Er lächelte sie an. Sie lächelte irritiert zurück. Ein Knacken.

„Machen Sie mir bitte die Archivtür auf? Dann stelle ich das Paket dort ab.“ Lasziv pustete sie eine Haarsträhne aus dem Gesicht. Ein Geräusch füllte die Gesprächslücke. Wolfgang fühlte Entsetzliches. Schweißperlen auf der Stirn. „Zwanzig Zentimeter?“, huschte es durch seine Gedanken. „Können die so viel anrichten?“ Hatte er etwa zwanzig Zentimeter im Ruhezustand?

„Ich kann nicht!“

Die Leiterin der Poststelle legte ihre hübsche Stirn in Falten. Ganz Frau knallte sie ihm das Paket vor die Füße, blitzte ihn giftig an. Und quiekte, als sich das mächtige Tier in seiner Hose aufbäumte.

„Du widerlicher Wicht! Du elender Wurm! Wo bist du?“ Breitbeinig wankte der Beamte ins Archiv. Prinz John saß erwartungsvoll auf dem Regalbrett.

„Hallo, mein Lieber!“ Der Flaschengeist warf seinem

Beglückten eine Kusshand zu, während Wolfgang sich durch die Regale kämpfte.

„Soll ich dir tragen helfen?", schmunzelte Prinz John, schlug ein Beinchen über das andere und freute sich auf die Danksagung, die gleich folgen würde. Ruckartig schnellte sein grotesk gewürgter Schwanenhals nach oben. Zwanzig Zentimeter über dem Regalbrett begann das Schütteln. Schon wieder!

„Du bist ein Nichtswürdiger!", beschwerte sich Prinz John, „Weil du wirklich nichts würdigst! Jeder andere würde sich freuen!"

„Mach das rückgängig, aber pronto!" Der Standesbeamte ließ vom Flaschengeistschütteln ab. Puff! Wolfgang sackte erleichtert zusammen und Prinz John purzelte zurück aufs Regal. Er rieb sich den Hals und hoffte, nie wieder an Beamte zu geraten. Ein schwieriges Völkchen.

Wolfgang versuchte, Prinz John zu ergreifen. Der hüpfte beiseite.

„Ich will", rief Wolfgang, „dass es endlich klappt!" Noch ein fruchtloser Griff zum Geist. „Ich will eine Frau! Am liebsten die Leiterin der Poststelle! Sie soll mich anspringen und dann, dann will ich sie die Wand hochvögeln. Gnadenlos! Ist das denn zu viel verlangt?"

„Ich glaube, verstanden zu haben", flüsterte Prinz John. Wolfgang erwischte und schüttelte ihn.

„Ja, ja, ja. Ich habe verstanden! Die Leiterin der Poststelle soll dich anspringen und dann willst du sie die Wand hochvögeln." Wolfgang schüttelte heftiger.

„Ich vergaß: Das Hochvögeln soll gnadenlos sein!"

„Na endlich!", stöhnte der Beamte. „Warum nicht gleich so?" Puff!

Die knapp sechzigjährige Gertrud erledigte wie jeden Tag die Mittagspausenvertretung für Frau Menke und avancierte damit für dreißig Minuten zur Poststellenleiterin. Eine altgediente Beamtin, stets fleißig, einsatzbereit und pflichtbewusst. Wegen ihrer lockigen Dauerwelle und der stämmigen Gestalt verglichen

Kollegen sie augenzwinkernd mit einer Figur aus der ‚Sesamstraße‘. Gertrud durchflutete ein seltsam warmes Gefühl. So etwas war der ledigen Beamtin unbekannt. Das Gefühl zentrierte sich im Becken. „Eigentümlich“, dachte sie, „was das wohl wieder für eine Krankheit ist?“ Erhitzt öffnete sie den obersten Blusenknopf. Ein Eilbrief musste noch zum netten Standesbeamten. In ihr säftelte es. Dienstbeflissen nahmen ihre Pfunde Anlauf in den ersten Stock. Noch wusste sie nichts von wahrer Leidenschaft. Stufe für Stufe wurde ihr heißer. Sie vermutete eine beginnende Grippe oder Schlimmeres.

Wolfgang saß im Bürostuhl. Ob es besser war, gleich aufzustehen? Ja, das war es wohl. Er drapierte sich in den Türrahmen. Dort könnte es stattfinden. Im Archiv. Das Inferno entmenschter Gelüste. Die eine Hand lässig am Türrahmen, sah er siegesgewiss zur Eingangstür. Jetzt konnte das kleine, süße Stückchen aus der Poststelle kommen und ihn anspringen. Gertrud riss die Tür auf und hatte nur einen Gedanken: Anspringen und sich die Wand hochvögeln lassen. Gnadenlos. Sie zerrte sich die Bluse herunter und nahm Anlauf. Wolfgangs Flucht endete an der äußeren Archivmauer. Gertrud sprang. Einhundertfünfzig Kilo kinetische Energie wurden gegen die Wand freigesetzt, Wolfgang dazwischen. Von ganz weit her sah der Standesbeamte ein helles, weißes Licht. Es zog ihn an. Harfen und Schalmeien erklangen. Er fühlte unendliche Liebe. Prinz John hatte seine Aufgabe erfüllt.

Winterliche Wolfsgesänge

Mit quietschenden Reifen raste der Mercedes davon. Durch die Rückscheibe sah Thomas den Hinterkopf seiner Gattin, blonde, halblange Haare wogten wütend hin und her. Er glaubte seinem Verstand nicht und auch das männliche Ego schrie ein Das-darf-doch-wohl-nicht-wahr-sein! Dann verschwand der Wagen hinter einer Kurve. Thomas schnaubte.

Iris hatte ihn einfach stehen lassen, mitten auf der Land-straße, irgendwo im Nichts. Unverschämtheit! Weiber! Thomas stieß die Luft aus und sein Atem bildete in der Kälte des winterlichen Spätnachmittags eine weiße Wolke.

Nach über fünfundzwanzig Jahren wollte sie – ja, was wollte sie eigentlich? Thomas durchfuhr sein schütteres Haar. So genau wusste er das nicht. Damit war er nicht allein, Iris wusste es vermutlich auch nicht. Außer, dass sie etwas wollte, etwas, das sie nicht bekommen konnte.

Er sah sich um. Klasse, dachte er, hinter mir eine Landstraße mit Begleitgrün und vor mir ebenfalls Landstraßenbotanik. Heute scheint mein Glückstag zu sein. Er würde weit laufen müssen. Thomas hasste Wanderungen. Wozu gab es Autos? Warum wie ein Bettler gehen statt wie ein Fürst Auto zu fahren?

Iris dagegen bewegte sich leidenschaftlich gern. Zu Fuß. Bei guter Luft. Thomas verzog das Gesicht. Warum, fragte er sich, sitze nicht ich im Auto und Madame läuft? Im Streiten war er ungeübt. Die schlechte Rolle des Wanderers, die er gerade einnahm, sah er als typischen Anfängerfehler an. Bei der nächsten Auseinandersetzung würde er sich das Ruder ... das Lenkrad nicht aus der Hand nehmen lassen! Gab es über-haupt ein nächstes Mal? Hatte Iris nicht etwas von ‚Schluss' gesagt? Ein Schauer lief über seinen Rücken und er schlug den Mantelkragen hoch.

Als er seine Frau das erste Mal sah, hatte sein Gesicht geleuchtet. Sie war die Schönste, die Hübscheste, aber vor allen Dingen, das Beste, was ihm passieren konnte. Genau genommen das perfekte Alpha-Weibchen, eigenwillig, temperamentvoll und stark. Er wusste, dass alles, was er vor ihr an Einsamkeit gefühlt hatte, nun vorbei war. Er wurde Teil eines Ganzen. Unbeweglich nahm er die Gedanken an seine Frau hin.

Drei Kinder. Dreimal Glück. Die schräg stehenden gelblichen Augen bekamen einen seltsamen Glanz. Unruhig trabte er ein kurzes Stück. Beinahe mechanisch. Er erfasste etwas Ungewöhnliches. Vorsichtig näherte er sich der Begrenzung. Am Endstück bog sich der Maschendrahtzaun hoch. Das würde reichen. Geduckt kroch er hindurch. Erdreich und Blätter wirbelten auf. Nur ein einziger Blick zurück, auf das großzügig angelegte Gelände, sein Zuhause. Dann setzte er seinen Weg durch den Wald fort, ohne zu wissen, wohin es ihn trieb. Freude auf Stille und Einsamkeit. Das weiße Schild vor dem Gehege gab Aufschluss darüber, wie die Menschen ihn bezeichneten. Canis Lupus Lupus – eurasischer Wolf.

Thomas tobte immer noch. Verzweifelt sah er sich um. Kein Auto in Sicht. Würde überhaupt jemand für ihn anhalten? Mit seinem halblangen, schwarzen Triebtätermantel hätte er ohnehin nur eine Fünfzigfünfzig-Chance auf Rettung. Kein weibliches Wesen würde in dieser Gegend anhalten. Und männliche Autofahrer? Er fragte sich, ob er selbst anhalten würde. Und wanderte weiter. „Verdammt, verdammt, verdammt", tönte es rhythmisch durch die Stille.

Er hätte niemals heiraten sollen, aber er war damals jung gewesen, der Trieb stark und er hatte keine effizientere Möglichkeit gesehen, an Sex und Nahrung heranzukommen. Iris stand für guten Sex und leckeres Essen. Im Laufe ihres Lebens stellten sich zwei Unfälle ein, in Form von Kindern. Zwei Kinder, zwei Unfälle. Nicht, dass er Iris und die Kinder nicht lieben würde. Doch derzeit, mitten im Urwald, fühlte er sich als Opfer. Als männliches Opfer weiblicher Hormone.

„Mist!", spuckte er aus und ging auf die nächste Einmündung zu. Ein weißes Schild wies den Weg zum Tierpark. Drei Kilometer. Drei grauenhafte Kilometer! Aber immerhin ein Tierpark. Sicherlich mit Aufsichtspersonal und einem Telefon. Thomas frohlockte.

Lupus schnupperte an einem modrigen, schwarz verpilzten Baumstumpf. Die vielen unbekannten Gerüche des Waldes irritierten ihn. Vor einem Monat war die Wölfin gestorben, sein Ein und Alles. Das Zentrum und das Ganze. Ein Leben, ein Weib. Wolfsgesetz. Er war bei ihr gewesen, als sie ging und hatte langsam den Kopf gehoben, die Schnauze geöffnet und den Trauergesang einsamer Wölfe geheult. Lupus lief über den Feldweg und hielt inne. Fremde Geräusche.

Thomas folgte der Beschilderung. An der Gabelung ging es nach rechts, tiefer in den Wald. Er musste schon ein Drittel der Strecke hinter sich haben. Schnellen Schrittes bog er ein. Hörte er nicht etwas? Neugierig blickte Thomas den Weg entlang. Und erstarrte. Was war das? Seine Knie wussten es. Sie zitterten.

Wolf und Mensch standen sich gegenüber. Thomas fokussierte den grauen Wolf und gab Iris die Schuld. An allem.

Lupus hingegen roch Angst. Gut, dachte er, der Mensch hat Angst! Er fletschte die Zähne und knurrte. Was für ein Spaß! „Oh mein Gott, oh mein Gott!", stammelte Thomas und wähnte sich am Ende des Lebens. Einerlei, ob Erdbestattung, Feuerbestattung oder ein Seebegräbnis – vermutlich würde man noch nicht einmal seinen Leichnam finden. Neben purer Furcht stellte sich ein Funke Gegenwehr ein.

Lupus machte einen Schritt auf das Menschenwesen zu.

„Nein! So will ich nicht enden! Irgendwo auf einem schäbigen Wanderweg, als Kaninchenersatz für Wölfe." Aus dem Flämmchen Gegenwehr wurde eine Flamme.

„Iris ist ein Schwein!", brüllte er apokalyptisch. Bis dahin wusste Thomas nicht, dass er derart laut schreien konnte.

Lupus sprang vor Schreck zurück. „Wer ist überhaupt Iris?"

„Ich hasse mein Leben!" Thomas schüttelte den Kopf und bewegte sich vorwärts, als müsse er dem Wolf die Welt erklären. „Es läuft nicht rund! Absolut nicht rund!" Er fuchtelte böse mit dem Finger.

Der ist schräg drauf, der ist wirklich schräg drauf. Lupus lief rückwärts, den wundersamen Menschen immer im Blick. Hinter dem modrigen Baumstumpf suchte er Schutz und beäugte den Schreihals.

„Wenn ich ihr sage, sie soll machen, wozu sie Lust hat, dann bin ich ein gleichgültiger Egomane! Sage ich ihr, sie soll es lassen, bin ich ein dreckiger Chauvinist!" Der fuchtelnde Finger kam näher. Lupus winselte, und genau genommen wusste er nicht, was der Mensch meinte. Aber richtig würde es schon sein, wenn er es so herausschrie.

Thomas redete immer noch wütend auf ihn ein. „Selbstverwirklichung, ausgelebte Beziehung, Wechseljahre."

Lupus ahnte, wer Iris sein könnte. Das Alphaweibchen. So viel Ärger mit einem Alphaweibchen? Was war denn das für ein Mann? Er nahm allen Mut zusammen, erinnerte sich an seine Vormachtstellung als Mann und als Wolf und bellte. Thomas' Redefluss brach ab. Lautlosigkeit erdrückte das geistige Duell.

„Du verstehst mich doch?" fragte Thomas leise. Quasi winselnd.

Lupus' Augen tänzelten auf und ab. Sanftmut als Falle? Er schob die Bedenken beiseite. Das Menschenwesen tat ihm leid. Außerdem verstand er, die Situation war ja nicht schwer zu verstehen: Das Weib machte Ärger!

Thomas setzte sich zu Lupus. Zwei Männer, ein Sinnieren. Frauen!

„Sie ist schrecklich eigenwillig, temperamentvoll, stark und dickköpfig."

Lupus kannte das. Aber was war daran schlecht? Mit starken Frauen gab es kein langweiliges Leben.

Thomas suchte ein Taschentuch, fand es und schnäuzte sich lautstark. Lupus schüttelte sich.

„Sie ist eine Nervensäge und ich weiß nicht, was ich machen soll." Er schnäuzte wieder.

Das wölfische Angewidertsein schlug einen Purzelbaum. Gleich heult er. Die Befürchtung wurde Realität.

„Aber ... ich liebe sie doch!" Thomas schluchzte.

Lupus nahm das Inferno menschlicher Gefühle berührt hin, aufgrund dieser Grenzerfahrung wünschte er sich lieber wieder an einen Ort der Stille. Zurück ins Gehege. Weit weg vom menschlichen Heulhaufen. Warum war er nicht Mann und zeigte ihr, wo es lang ging? Ein Anschlagen untermauerte die Frage. Zunächst dem Weib die kalte Schulter zeigen. Dann mit attraktiven Konkurrentinnen herumscharwenzeln und zu guter Letzt Madames reumütige Rückkehr jovial hinnehmen. So verhielt man sich als Mann! Ein Alphaweibchen durfte gerne die Erste sein, so lange sie das Alphamännchen bei seinem wichtigen Handeln nicht störte. Im Grunde genommen, befand Lupus, waren Wölfe die besseren Mann-Menschen.
Schritte. Lupus roch erleichtert seinen Pfleger. Der trug ein Betäubungsgewehr bei sich, wenigstens war das noch ein richtiger Mann.

Thomas sah erfreut seine Iris in der Ferne. Er wischte sich schnell die Tränen ab, echte Kerle weinten nicht. Iris blieb in fünf Metern Entfernung stehen. Dann lief sie los und umarmte ihn stumm.

Lupus sank in Morpheus' Arme, sein Verstand hätte diese butterweiche Landung bei Iris ohnehin nicht ertragen.

Lange noch sollte die Begegnung Mensch-Wolf in beiden nachklingen. Held Thomas erzählte überall vom Nahtoderlebnis

inklusive Zähmung seines temperamentvollen Weibes, das
natürlich nur deshalb zu ihm zurückgekehrt war, weil er als
Mann eine so unvergleichlich gute Figur abgegeben hatte.
Seine Geschichte, obwohl ein wenig verlogen, klang gut und
im Laufe der Jahre klang sie immer besser.

Und Lupus? Lupus betrachtete sein Leben im Gehege als
vollkommen. Er streifte nach und nach seine Trauer ab und
kümmerte sich um den wölfischen Nachwuchs. Bald würde er
aus seinen männlichen Nachkommen richtige Wölfe machen.
Die Lehrstunden begannen immer mit dem Merksatz:
Manchmal muss ein Wolf tun, was ein Wolf eben tun muss.
Mehr brauchten die kleinen Wölfe vorerst nicht zu wissen.
Sobald sie ihrem persönlichen Alpha-Weibchen begegneten,
würde der Rest schon an Gestalt gewinnen.

Klischee

Ruckartig blieb Sigismund mit seinem Wagen stehen. Hinter ihm setzte ein wildes Hupkonzert ein. Froh darüber, einen der letzten Plätze im Parkhaus erwischt zu haben, lenkte er geschmeidig in die kleine Parklücke. Sigismund und sein Wagen bildeten eine Einheit. Dick, behäbig und defensiv.

Hinter ihm stieg eine wild fuchtelnde Frau aus ihrem Kleinwagen. Er wusste, was ihm blühte, wenn er das Seitenfenster herunterlassen würde. Er war schließlich verheiratet und das schon seit fünfundzwanzig Jahren. Vermutlich hatte die Frau den Parkplatz zuerst gesehen und zwar schon bei ihrer Geburt. Wild gestikulierte das zarte Geschöpf und zeigte auf das Schild vor seinem Auto. Das Zuckerpüppchen trat gegen seinen Wagen.

Auf dem Schild stand *Frauenparkplatz*. Und darunter stand: *Reserviert nur für Frauen, damit auch Frauen sich sicher fühlen.*

Na ja, dachte Sigismund, *wenn die Dame sich dann sicherer fühlt* und lenkte gemächlich seinen Wagen aus der Lücke.

Nach einer Weile fand er einen Männerparkplatz. Der war auch sicher. Er hoffte, dass er der Frau nicht noch einmal begegnen würde. Das mit der Sicherheit ist so eine Sache. Sigismund hatte sich mit seiner Ehefrau verabredet. Beide wollten ein wenig einkaufen gehen im großen Einkaufszentrum am Rande der Stadt. Viele Läden reihten sich dort aneinander.

Sie begannen ihren Einkaufsbummel. Zunächst wollte Ruth zur Parfümerie. Sigismund war nicht wirklich überrascht. Bunte Flaschen mit flüssigem Inhalt wurden dort zu teuren Preisen veräußert. Er musste in solchen Geschäften immer niesen. Seine Frau schlug vor, er könne doch einen Moment draußen warten.

„Wenn du meinst", sagte er und wartete neben dem Schild, auf dem ein Hund abgebildet war und auf dem stand *Wir müssen draußen bleiben.* Die Welt der Schilder sprach ihre eigene Sprache. Er sah durch das Schaufenster, wie seine Frau von der Verkäuferin mit verschiedenen Parfumsorten eingenebelt wurde. Bemerkenswerterweise war Ruth nicht erstickt und kam mit einer kleinen Hochglanztüte aus der Parfümerie.

Seine Frau war in ihrem Element. Einmal hier schauen und einmal da. Wie ein bunter Kolibri flirrte sie durch die Luft.
Die Tüten, die er tragen musste, mehrten sich wie Befürchtungen darüber, dass er vermutlich das erste männliche Opfer eines Bandscheibenvorfalls für diesen Tag sei. Der Tag war noch jung. Er beschloss, die Beutetüten seiner Frau erst einmal zum Auto zu bringen.
Ruth hatte nichts dagegen, denn ihr Blick klebte gerade an den Auslagen eines Schuhgeschäftes.

„Was hast du eigentlich für ein Frauenbild?", fragte ihn seine feministische Schwester oft kopfschüttelnd. „Als ob wir nur aus Shopping, Schuhe kaufen und sinnlosem Geplapper bestehen würden. Du hast nur Klischees im Kopf."

„Na, wenn das anders ist ...", antwortete Sigismund meistens ruhig.

Im Parkhaus war die Luft rein und die Parkplatzfetischistin gottlob nicht zu sehen.

Befreit von der Last, suchte Sigismund seine Ruth. Sie war ins Schuhgeschäft „Lindner" gegangen und probierte gerade einen Pumps an. Die Verkäuferin riet ihr, doch einmal auf und ab zu gehen. Die Absatzhöhe betrug sechs Zentimeter und der Fuß quoll aus dem Schuh.

„Sehen Sie, passt doch hervorragend", behauptete die Verkäuferin. „Und für den Preis ...", schloss sie an. Sigismund fand, dass seine Frau ein wenig torkelte in den Schuhen und dass sie eine Nummer zu klein wären. Mindestens eine Nummer.

Als die Fachverkäuferin meinte, dass die Schuhe erst einmal eingelaufen werden müssten, verwarf er den Gedanken, Ruth von seinen Bedenken zu unterrichten. Frau und Fachfrau redeten zehn Minuten lang über Schuhe.

„Soll ich sie nehmen?", gurrte ihn seine Frau an.

„Wenn du dich wohl darin fühlst", antwortete Sigismund. Als er die Rechnung bezahlte, wusste er, warum sich die Verkäuferin so viel Zeit genommen hatte.

Der Einkaufsmarathon nahm kein Ende. Sigismund wollte sich etwas Gutes tun. Wenn schon kein Heimwerkershop im Center war, wollte er sich wenigstens ein Eis gönnen. Eines mit einer leckeren Waffel und es sollte auf jeden Fall Schokoladeneis sein. Ruth lehnte ab, sie wollte lieber auf die Figur achten. Ihre Bemerkung, dass er das auch nötig hätte, hörte er nicht. Wenn seine Frau solche Sätze produzierte, verfiel er in Duldungsstarre.

Zielsicher lenkte sie ihn in die nette Edelboutique mit dem unaussprechlichen französischen Namen "Aujourd´hui". *Dusselige Benamselung*, fand Sigismund. Während er herzhaft an seinem Eis schleckte, zerrte ihn seine Frau hinter sich her.

„Ich will nur noch hier reinschauen und dann können wir gehen. Du bist gleich erlöst", besänftigte ihn Ruth.

„Habe ich was gesagt?", antwortete er, vertieft in seine Eis-orgie, bestehend aus zwei Maxikugeln Schokoladeneis mit Sahne. Seine Frau blätterte sinnlos an einigen Kleiderständern herum. Sigismund leckte weiter genussvoll versunken am Eis.

Finger bohrten sich massiv tippend in seine rechte Schulter. Er drehte sich um und fast hätte er geprustet vor Schreck. Die Parkplatzterroristin pöbelte ihn an.

„Du kannst wohl nicht lesen, Opa. Hier im Laden ist Eis essen verboten!"

Die rüde Männerrassistin war Verkäuferin in der Edelboutique. 7,5 auf der nach oben offenen Richterskala für unangenehme Gefühle! Das kam gleich nach Tante Hildegards Beerdigung im letzten Sommer. Bisher kannte er nur blasierte Boutiqueverkäuferinnen und keine keifenden. Erstere waren ihm lieber.

Einkaufen zu gehen ist auch nicht mehr das, was es mal war, resümierte er.

Die Verkäuferin blickte zu ihrer Kollegin und zeigte mit dem Finger auf ihn:

„Das ist der Frauenhasser von vorhin, der mit dem Schilderproblem!"

Vor Schreck fiel ihm das Eis aus der Hand, direkt auf den teuren Teppichboden und sein Herz plumpste ihm zeitgleich in die Hose. Ruth sah dem Spektakel zu und zerrte ihn am Arm seiner Jacke aus dem Geschäft.

„Dass du dich aber auch mit jeder Frau anlegst!", maßregelte sie ihn. „Frauen sind so anschmiegsame Geschöpfe und du schaffst es immer wieder, sie auf die Palme zu bringen", fügte sie seufzend hinzu.

„Wirklich?", fragte Sigismund ruhig.

Schweigend gingen die beiden in Richtung Parkhaus. Ruth fand, dass Einkaufen mit ihrem Mann zu anstrengend war und wollte nach Hause.

Am Friseurgeschäft "Heinken" blieb sie dann doch noch einmal stehen und betrachtete sich im großen Spiegel, der vor dem Geschäft aufgebaut war. In großen Lettern darauf: *Sind sie wirklich zufrieden mit sich?*

Wir helfen jeder Frau! Stand darunter.

Ruth beäugte ihre Wimpern und bemerkte, dass sie nicht „glutig" genug aussahen. „Ich müsste sie wirklich mal wieder färben lassen." Sie zog mit ihrem rechten Zeigefinger ihr geschlossenes Augenlid zur Seite, um die Wimpern zu begutachten und machte ein Affengesicht, kaum zu verstehen, fragte sie ihn so, ob er nicht auch fände, dass das nicht glutig aussah.

„Stimmt", sagte Sigismund. Ruth schickte ihren Mann ins nahe gelegene Kaffeehaus, dort solle er auf sie warten und einen schönen Kaffee trinken. Sie versicherte ihm, dass er bestimmt nur kurz würde warten müssen.

Im altertümlichen Kaffeehaus war über der ratternden Registrierkasse ein Schild angebracht, auf dem stand: *Bitte zahlen Sie ihre Rechnung sofort, nachdem Sie bedient wurden.*

Das verstand Sigismund zur Abwechslung genau.

Die hübsche, junge Bedienung brachte ihm einen leckeren Milchkaffee und er zahlte sofort.

Als er seine glutige Ruth um die Ecke kommen sah, fragte er sich nur, warum man manche Rechnungen sofort bezahlen kann und manche einen ein Leben lang verfolgen.

Beim Hinausgehen sagte er „tschüss".

Die andere Seite der Straße

Die schwere Eingangstür krachte ins Schloss. Brigitte zog mit zitternden Händen den Schlüssel ab. Hektisches Atmen, wehende blonde Haare. Quer durch den Vorgarten, wie auf der Flucht. Andreas saß schon im Büro, wie immer wochentags. An jedem Morgen, Punkt acht Uhr, der Abschiedskuss. Gewohnheit statt Verlangen. Punkt achtzehn Uhr seine Rückkehr. Präzise, genau, einplanbar. „Hattest du einen schönen Tag?" Höflichkeit statt Interesse. Warum geschehen so viele Unfälle auf gerader Strecke? Andreas, ich liebe dich! Hausfrau, Mutter und Möbelstück Brigitte warf einen Blick zurück auf das schmucke Vorstadthäuschen und fühlte sich von angenehmen Empfindungen in Besitz genommen. Besitz überhaupt war wichtig, wichtig für inneres Wohlbefinden. Aber Gefühle? Luxus. Kontrollierte Seelenentblößung in homöopathischen Dosen. Für die Kinder, für den Mann. Niemals so viel, dass Gefühl sie aus der Bahn werfen könnte. Niemals zu wenig, weil, das tut man nicht. Das-tut-man-nicht, ein wesentlicher Bestandteil des Erziehungsrepertoires ihrer Eltern. Wesentlich wie: Was-sollen-denn-die-Nachbarn-denken. Brigitte starrte auf die andere Seite der Straße. Ein rot geklinkertes Mietshaus starrte zurück. Ein Fenster lächelte sie an. Ihr Magen reagierte mit Krämpfen. *Gefühle können unangenehm sein, wenn sie überhand nehmen. Nicht wahr, Brigitte?* Der Motor wollte nicht anspringen. Eine Warnung? Der hausfrauenrote Wagen überlegte es sich und Brigitte raste in die Innenstadt. Andreas, ich liebe dich! An der Ampel würgte sie das Gefährt ab. Zeit, alles zu überdenken. Ein Hupkonzert, erbarmungslos und überzeugend. Sie setzte den Weg fort. Bezahlte eigentlich der Mann das Hotelzimmer? Oder erledigte man das emanzipiert halbe-halbe? Weil beide etwas davon hatten? Ihr rechter Oberschenkel vibrierte. Sollte die Hotelangestellte an der Rezeption lächeln, dann ginge sie wieder. Sofort! Oder, sie würde das Lächeln zunächst unter die Lupe nehmen. War es augenzwinkernd, abschätzend, abwertend, wissend? Dann würde sie gehen, ohne Eile, aber mit Würde. Erhobenen Kopfes. Ein anderes Mal, danke, ich habe es mir überlegt. Nur nicht die Contenance verlieren. *Brigitte, halbe Kraft! Auch ein Berg wird Schritt für Schritt bezwungen.* Vorbei an grünen Alleen und Straßencafés vergrößerte sich die Distanz zu ihrem Mutterdasein. Ein Lächeln in einem Fenster. Männliches Lächeln. Wochenlang siegte das zubetonierte Emotionsbürgertum. Kein Lächeln zurück, kein einziges. Doch die Blicke ließen nicht los. Spürbar wie getrocknetes Salz auf der Haut fräste sich Neugier ein. Warum nicht einfach an dem roten Mietshaus vorbeigehen? Es war doch nur ein Haus. Von unten nach oben sah sie schüchtern zum Lächler. Schon wieder stand er am Fenster, rauchte und beobachtete entspannt. Warum wirkte er völlig ruhig und sie völlig verwirrt? Schlecht verteilte Rollen. Mit nacktem Oberkörper rauchen? Bestimmt lächelte er einfach nur so. Warum auch sollte er ausgerechnet sie anlächeln? Sie war Ehefrau und Mutter. Ehrbare Ehefrau und Mutter. Banal, wie sie ihn im Supermarkt traf und er „Hallo" sagte. Banal für den ruhigen Nacktoberkörperraucher. Für Brigitte nicht. Widerlich, so viel auf einmal zu fühlen. Ein tiefer Graben mit Blick aufs Feuer. Sie bebte. Als sich der Graben schloss, ritzte sich auf Brigittes dünner Haut ein imaginäres „Hallo" ein. Ein Wunder, dass sie nicht zwanzig Zentimeter über dem Erdboden schwebte und ihr altes Leben erbrach. *Wo bleibt die Contenance, Mutter Brigitte?*

Ob sie Lust auf einen Cappuccino hätte, fragte er und sie sagte ja. „Ja" war ebenso gut wie „Hallo". Für das „Ja" hatte sie alle Kraft zusammengenommen. Jahrelanges kontrolliertes Leben zahlte sich aus. Brigitte hatte gepunktet. Gleichstand. Ja gegen Hallo. Sie trank lieber Sekt als Cappuccino. Mut in Flaschen und auf dem Grund einer Flasche war jeder ein Held. So wohl hatte sie sich schon seit Jahren nicht mehr gefühlt. Ihn interessierte alles, was sie sagte. Als er ihr eine abstehende Haarsträhne mit sanfter Geste bändigte, wurde es still. Konnte Stille sprechen? Die Stille sagte: zu schnell, zu abgedroschen, zu unmoralisch. Sie sagte aber auch etwas anderes, nur ein einziges Wort: ja. Das Hotel in der Innenstadt genoss einen ausgezeichneten Ruf. Mit dem von Musterehefrau Brigitte sollte es bald vorbei sein. Die Rezeptionistin lächelte freundlich. Brigittes sah in ihre Augen, überlegte kurz, sah nochmal in ihre Augen und steckte den Chipkartenschlüssel ein. Geräuschlos schloss sich die Fahrstuhltür. Wie liebte man heutzutage? Würde er sie stürmisch die Wand hochdrücken? Brigitte hätte eine Menge zu erklären, falls Andreas die blauen Flecke entdecken sollte. Sie entschied, im Fall des Falles ein Ablenkungsmanöver zu fahren. Liebe war Krieg. Sie erinnerte sich an die gymnastischen Variationen und seltsamen Liebespraktiken, von denen sie schon gehört und gelesen hatte. Hoffentlich war der Lächler kein Perverser. Andreas, ich liebe dich! Hätte ich heute Morgen nicht, wie es sich gehört, auf der Terrasse die Kartoffeln schälen können? *Aber, aber, Brigittchen ... wer wird denn gleich?*

Ein moderner Fahrstuhl, jede Wand ausgekleidet mit Spiegeln. Zeigten Spiegel das Ich? Beherzt zog sie ihren Lippenstift aus der Handtasche. Kampfrot. Eine Menge Schildläuse hatten sterben müssen, um jetzt erotische Signalwirkung zu erzeugen. Wen interessierten ein paar zerquetschte Läuse? Die Chipkarte verschwand im Schlitz und öffnete die Tür. Er war noch nicht da. Gut. Frisch machen. Weshalb eigentlich, bevor man sich schmutzig machte? In ihrer Handtasche hatte sie den dickbauchigen Flacon ihres Lieblingsparfums verstaut. Kein Sinnesorgan auslassen. Das volle Programm. Brigitte zog die Vorhänge bis auf einen Spalt zu. Spuren der Zeit waren unbarmherzig. Türklopfen. Herzklopfen. *Oh, Brigitte ... gleich lernst du den dünnen Chiffon kennen, der zwischen Anstand und Unmoral drapiert ist. Hast du etwa Angst?*

Das Lächeln des Lächlers färbte den Raum in Rot. Brigitte strahlte zurück. Wortlos küsste er sie. Behutsam, dann fordernd. Er saugte die Schildläuse in sich ein, er inhalierte Brigitte. So viel Sturm, nur durch Küsse! Er nahm ihre Hand, schob sie zum Bett. So schnell? Zielorientiert und mit geübten Handgriffen befreite er Brigitte von den Kleidern. Flink, genussvoll, neugierig. Keine Perversion, nur unendliche Gier. War die nicht allein schon pervers? Eine halbe Stunde. Zu den Sternen und zurück. Mehr, als im heimischen, weißgetünchten Schlafzimmer zu bekommen war. Jugendlich, frisch und leidenschaftlich. Pures Leben aus einem ungewohnten Blickwinkel. *Ein bisschen Schlampe steht jeder Frau. Oder, Brigittchen?* Er schlief, als sie aufstand und zum hellen Gardinenspalt ging. Es regnete. Die Sorge, wie sie ihre zerstörte Frisur erklären sollte, verdampfte. Regen im Mai oder Sonne im Herbst? Der Stachel der Reue piekte. Sie hatte getan, was sie nicht wollte, weil sie tun wollte, was man nicht machte. Komplikationsgeflechte, Fallstricke. Erklärungsnotstand versus Gefühlsnotstand. Nie wieder. Nie wieder würde sie so etwas tun. „So etwas". Schwammig beschrieben, verwischte die Tat der Täterin. *Warum nicht ein einfaches Dakapo, Täterin Brigitte? Tat es denn nicht gut?* Aufmerksam blickte Brigitte in den riesigen Badezimmerspiegel. Mit beiden Händen zog sie das Gesicht nach hinten. Reinitialisieren. Ließe sie los, wäre wieder alles beim Alten. Ein Sprung rückwärts. „Hattest du einen schönen Tag?" Sie wäre wieder die Frau, die abends dampfende Rinderrouladen mit Salzkartoffeln und Butterbohnen servieren würde. Andreas, liebe ich dich? Ja, schon. Brigitte fühlte sich fremd. Fremd in sich selbst. Rinderrouladen. Auch, wenn das Gesicht, das sie nun anstarrte, nicht mehr das der Mustergattin war. Wut sprang sie an. Spiegelbild gegen Realität. Brigitte packte den Parfumflacon, holte weit aus und schmetterte ihn mitten ins gespiegelte Antlitz. Der Spiegel zersprang, die Scherben blieben an der Wand kleben. Sie bewegte ihren Kopf. Jeder Splitter zeigte eine andere Brigitte. Ohne Chaos keine Ordnung. Brigitte suchte, sich selbst im Kaleidoskop zu finden. *Warum versuchst du, genau den Splitter zu finden, der du bist, Brigitte? Ist nicht jeder Splitter so wie du? Du stehst am Anfang eines Suchens, das niemals findet. Weg und Erkennen werden schmerzen. Ein wenig Schmerz macht Spaß. Viel Glück, Fremde!*

Gelüste unter Palmen

Keuchend holt meine Favorita Luft. Ihr nasses, blondes, Haar ist salzverkrustet. Heller Meeressand klebt auf ihrer gebräunten Haut. Ein Karamellbonbon in feinen Körnchen.

„Oh!" und „Ja!", schreit sie, „weiter so!"

Ich weiß, sie liebt meine ausdauernde, wilde Kraft. Und ich, ganz Gentleman, will damit nicht geizen. Wir wälzen uns hingebungsvoll in der glühenden Sonne. Der einsame Strand ist gesäumt von türkisfarbenem Wasser und garniert mit Schatten spendenden Palmen. Favorita liebt es romantisch. Frauentypische Träume.

„Mehr! Mehr! Mehr!", höre ich. Nachher werde ich vermutlich Danksagungen von ihr entgegennehmen müssen. Aber das ist in Ordnung.

Auf ihrer Oberlippe haben sich kleine Schweißperlen gebildet, die Perlchen zittern.

„Oh, Gott!", kreischt sie unbeherrscht. Besser hätte ich es auch nicht kommentieren können.

„Ja, mein Püppchen, ich bin bei dir." Nach dem Crescendo öffnen sich ihre veilchenblauen Augen. Favorita strahlt überglücklich, aber fertig. Nun, das kann ich gut verstehen.

Karamellbonbon hat Hunger. Ich lächle verständnisvoll.

„Na, meine Süße, ich soll dir wohl einen Fisch schießen?" Meine raue Stimme bildet einen krassen Gegensatz zur sanften Traumlandschaft.

„Nein", kichert sie, „ich will das da." Ihr fuchtelnder Finger zeigt gen Himmel. Ich schaue hinterher. Nichts.

„Du möchtest einen Vogel, Schatz?"

„Nein. Daaa!" Fortgesetztes Fuchteln.

Jetzt sehe ich. Ein Baum. Grün. Was will sie mit einem Baum? Ich überlege kurz.

„Soso, eine Kokosnuss willst du haben ..." Abschätziges Stakkato-Lachen soll ihr vermitteln: kein Problem für einen

Kerl wie mich.

Kokosnüsse werden seit Anbeginn der Zeit von Männern geerntet, von Eingeborenen. Daher sollte es für einen gebildeten Mann aus dem zivilisierten Westen kein Ernteproblem geben. Ein Geistesblitz empfiehlt mir, aus einer Liane eine Acht zu binden, dann die Palme mit den Beinen zu umschlingen, die Acht um meine Fesseln zu legen und schließlich flugs den Baum hinaufzurobben.

Meinem hungrigen Engelchen kann ich kaum begreiflich machen, dass ich zunächst ein geeignetes Stück Liane brauche. Gibt es hier überhaupt Lianen? Sie quietscht und rennt los. Lag sie nicht eben noch erschöpft im Sand? Warum nicht Spareribs im Hotelrestaurant?

Ich sehe sie durch die Gegend flirren. Not macht erfinderisch. Hunger leidenschaftlich. Dagegen hätte ich etwas, aber sie will nicht noch einmal. Sie will eine Kokosnuss. Dann wird sie tatsächlich fündig. Strandgut. Ein Tau von einem Schiff. Verdammte Schlamperei. Den Matrosen sollte man kielholen.

Favorita formt eine Acht. Schade, war ich doch bislang davon ausgegangen, dass Blondinen nur bis drei zählen können. Meine ist offenbar ein Mutant.

Eine Palme zu erklimmen, das habe ich mir schon immer gewünscht. Für einen Moment überlege ich, gegen den Baumstamm zu treten. Aussichtslos. Favorita legt mich zart in Fußfesseln, klatscht aufmunternd in die Hände und feuert mich an. Ganz schön hoch, von hier unten. Gönnerhaft schlage ich noch einmal Spareribs vor. Vergeblich. Schade. Nun denn, wenn Farbige sich auf die Brust trommeln und Palmen hinauflaufen können, dann kann der weiße Mann mit Abitur das auch!

Der erste Meter ist geschafft. Verflucht harte Rinde. Neunzehn Meter liegen noch vor mir. Nach eineinhalb Metern schenke ich der Zurückgebliebenen mein schönstes Siegerlächeln. Ich bin gar nicht so schlecht.

„Schneller, schneller!", ruft sie. Haltung bewahrend erhöhe ich das Tempo. Nach drei Vierteln der Strecke versuche ich, den Baum zu schütteln. Nichts. Von weit her höre ich meinen Karamellbonbon brüllen:

„Ich liebe dich! Du schaffst es!"

Ich drücke mich vom Baum ab. Winke.

Dieser Anblick, kurz vor dem Gipfel, soll sich für alle Ewigkeit in ihr Gehirn einbrennen. Der Baum schwankt. Offensichtlich habe ich mit Statikberechnungen von Palmen Schwierigkeiten. Ich schwanke auch, mein Lächeln gefriert. Ich rutsche. Der Baumstamm ist wirklich furchtbar hart. Ich schliddere schreiend hinab. Kann man während eines Urschreis würdig aussehen? Nichts hält mich mehr, auch nicht die Acht um meine Fesseln. Plötzlich sehe ich, wie mich eine mittelgroße Kokosnuss überholt.

„Ich komme!", schreie ich. Das kennt sie, denke ich.

Favorita schaut angstverzerrt zu mir nach oben. Die Fallgeschwindigkeit von Kokosnüssen ist höher als die Schliddergeschwindigkeit von gebildeten weißen Männern.

Ich sehe die Kokosnuss aufschlagen. Favorita liegt niedergestreckt im Sand. Hätte ich rufen sollen „Wir kommen"?

Zitternd binde ich mich von der Palme los. Nur eine kleine Schwäche. Verschwitzt nähere ich mich der Ohnmächtigen. Ganz blass ist sie.

„Kleines, wach auf!" Ihre Wangen röten sich vom Tätscheln. „Schau mal, was ich dir mitgebracht habe." Aufmunternd wedele ich mit der Fallkokosnuss. Favorita strahlt benommen. Spielerisch werfe ich die inzwischen vom Grün befreite Nuss von einer Hand in die andere. Favorita verfolgt verwirrt meine Aufmunterungsversuche.

„Hier ist etwas Leckeres zum Schnabulieren." Rechts, links, rechts, links. Die Herrschaft über die Nüsse ist die Herrschaft über das Leben. Rechts, links, rechts, links.

Favoritas Augen rollen. Erbrochenes auf hellem Sandstrand als Krönung des Tages. Die Kokosnuss will sie nicht mehr.

Sie schreit sogar bei ihrem Anblick. Warum sind Frauen eigentlich immer so egozentrisch?

Rosis Mission

Wütend warf Ernst das dicke Buch, in dem er gerade noch gelesen hatte, zu Boden. Heftige Emotionsentladungen überkamen ihn selten, doch jetzt fühlte er sich am Ende seiner Kraft.

Rosi war ebenfalls am Ende ihrer Kraft angelangt. Fred, ihr Mann, hatte sich als mieser Fremdgänger erwiesen und damit ihre dunklen Ahnungen bestätigt. Offenbar waren alle männlichen Geschöpfe so, oder so ähnlich. Aber von Fred hatte sie doch anderes erwartet. „Meiner ist nicht so einer, wirklich nicht!", hatte sie ihren Freundinnen oft erzählt, auch wenn diese dann mitleidig lächelten.

Rosi fühlte sich den Umständen entsprechend schlecht, ihr Gefühlsleben badete in leichten Schwankungen. In schwere Gefühlsbeben dagegen versetzten Rosi die anderen Umstände, in denen sie sich befand. Bei Aufregung verfiel ihre Nase in Auf- und Abbewegungen, fast wie das laute, schnelle Arbeiten einer Nähmaschinennadel. Allerdings bewegte sich ihr Stupsnäschen leise.

Nach achtzig Lebensjahren bildeten Ernsts sonnengegerbte Haut, die Lachfältchen um die Augen und sein schneeweißes Haar eine Einheit. Schwielige, raue Hände sprachen von einem mit harter Arbeit erfüllten Leben. Gefühle bedeuteten für Ernst etwas, was man zwar hatte, aber ganz tief innen. Im Selbst. Zusammengesunken saß er auf der Couch. Seine müden Augen suchten das heruntergeworfene Buch und fokussierten es. Tränen tropften auf das beigefarbene Sitzkissen. Er hörte das Aufprallen seiner Tränentropfen und schaute verwundert auf sie herab. Edith, seine Frau, sein Ein und Alles, sein Alpha und Omega im Leben, war vor einem halben Jahr gestorben. Als er Edith vor über fünfzig Jahren heiratete, hatte sie goldblondes Haar und himmelblaue Augen. Als sich vor sechs

Monaten das Ende ankündigte, war ihr Haar in Würde ergraut und ihre blauen Augen bekamen im Angesicht der letzten Reise einen seltsamen Glanz. Ein weiterer lauter Tropfen unterbrach Ernsts Gedanken. Auf dem Tisch stand sein Mittagessen, das er kaum angerührt hatte. Die Garnierung aus geraspelten Möhrenscheiben sollte dem bevorstehenden Osterfest Rechnung tragen. Lieferservice, Essen auf Rädern, abgepackte Nahrungszufuhr. Ohne Liebe blieb jedes Essen ein lebloses Ritual. „Edith", flüsterte Ernst voller Wärme, „warum bist du gegangen?"

Eine ähnliche Frage stellte sich auch Rosi, jedoch nicht voller Wärme. „Fred, du Miststück, warum bist du gegangen?" Er hätte keinen Grund gehabt, sie zu verlassen, denn als unansehnlich hätte sie sich nicht bezeichnen wollen. Rosi stand aufrecht und schaute an sich herab. Ihr Bäuchlein war schon zu einem ordentlichen Schwangerschaftsbauch angewachsen. Sorgenvolle Gedanken umschwirrten sie. Wie sollte sie allein ihren Nachwuchs ernähren und wo würde sie ihre Kinder gefahrlos aufziehen können? Rosi litt unter Übelkeit und ihr Näschen fing wieder an zu zucken.

Der Lebenswille verließ Ernst. Er sehnte sich nach seiner Frau, wollte ihr nah sein. Tröstende Worte hatte Edith ihm mit auf seinen einsamen Weg gegeben. „Verliere nie den Mut, denn ich werde immer bei dir sein." Edith aber war fort, er fühlte sie nicht mehr. Keine Edith, kein Mut. „Du wirst schon merken, dass ich dich immer begleiten werde," sie lächelte ihn mit glänzenden Augen an. Selbst im schwersten Augenblick dachte sein lieber Hase, wie er Edith immer liebevoll genannt hatte, nur an ihn. Sie starb still und friedlich in seinen Armen. An einem kalten Novembertag. Die Kälte dieses Tages hatte ihn nie mehr verlassen. Zunächst nahm er sich vor, mutig zu sein. Erfolglos. Sehnsucht war stärker als Wille zum Mut. Er senkte den Kopf und beschloss, die Reise zu Edith anzutreten.

Rosi hingegen beschloss, wenn dieser Schuft von Fred schon keine Bleibe für ihre gemeinsamen Kinder suchen wollte, sich selbst auf den Weg zu machen und einen Unterschlupf zu finden. Sie nahm all ihren Mut zusammen und flitzte über die zartgrüne Frühlingswiese auf das schmucke Endreihenhaus mit der halb geöffneten Terrassentür zu. Angenehme Wärme strömte ihr entgegen, eine Wohltat im noch kühlen April. Die angehende Hasenmutter Rosi genoss den warmen Luftstrom und erwog, der Wärme entgegenzuhoppeln. Mit einem kleinen Hopser gelangte sie ins Innere des Hauses. Rosis Herzchen flatterte vor Aufregung. Sie sah ein zusammengesunkenes Wesen auf dem Sofa. Panischer Schrecken fuhr ihr in die Glieder. Ein Mensch. Ihr Näschen setzte sich in Bewegung. Fluchtgedanken stiegen in ihr auf. Doch dieses Menschenwesen rührte sich nicht. Nur Wasser tropfte aus ihm heraus. Rosi machte große Kulleraugen. So etwas hatte sie noch nie gesehen. Ihre weibliche Neugierde brachte sie dazu, alle Gefahren ignorierend vorwärts zu hoppeln. Sie empfand ein plötzliches Fürsorgegefühl. Ob das an ihrer Mutterwerdung lag?
Sie sprang direkt vor Ernsts Füße und hörte ihn verzweifelt sagen: „Ach, mein lieber Hase, ich liebe dich so sehr."
Nanu, dachte Rosi, dieses Menschenwesen legt aber einen recht schnellen Schritt vor beim Kennenlernen! Eine dicke Träne tropfte auf Rosis Kopf. Sie schüttelte sich. Ihr Blick richtete sich erstaunt nach oben, sie wiegte den Kopf hin und her. Erst macht er mir eine Liebeserklärung und dann schaut er mich nicht einmal an. Männer! Rosi versuchte Aufmerksamkeit zu erheischen und schnupperte an Ernsts Bein.

Ernst nahm ein Kitzeln an seinem Bein wahr, öffnete seine Augen und erblickte einen Hasen. Er war dermaßen verwundert, dass seine Tränen versiegten. Stille. Mensch und Häsin sahen sich an. „Du bist aber ein hübscher Hase", begann Ernst einen vermeintlichen Monolog. Es tat ihm gut, die Stille zu durchbrechen.

Na, also – geht doch, dachte Rosi. Langes Beäugen. Große Hände hoben sie sanft in die Höhe und Rosi landete auf dem Schoß von Ernst.

„Wenn Edith gesehen hätte, dass mir zu Ostern ein Hase zuläuft ..." Ernst lächelte und hielt inne, ein Schauer lief ihm über den Rücken. Die Worte seiner Frau „du wirst schon merken, dass ich dich immer begleiten werde" fielen ihm ein. Hatte Edith ihm ein Zeichen geschickt? Sollte er neuen Mut finden? Zu Ostern?

Das kleine, freundliche Lebewesen auf seinem Schoß wirkte hungrig. Ernst nahm ein paar geraspelte Möhrenscheiben vom Teller und bot sie Rosi an. Gierig knabberte sie daran. Mmh, zuerst sagt er mir, dass er mich liebt, dann sagt er mir, dass ich ein hübscher Hase bin, um mir anschließend etwas Leckeres zum Futtern zu geben. So kann es weitergehen. Rosi war überzeugt, ein friedvolles Heim für sich und ihren Nachwuchs gefunden zu haben.

Tiefschürfende Gedanken durchströmten Ernst. Zum ersten Mal seit langer Zeit spürte er Edith wieder. Sie war in diesem Augenblick hier, an seiner Seite. Kühle Aprilluft zog ins Wohnzimmer. Ernst setzte die munter vor sich hinknabbernde Rosi wieder auf den Fußboden, um die Terrassentür zu schließen. Sein Blick fiel kurz auf das Buch, das er zu Boden geworfen hatte. Es lag aufgeschlagen da.

„Nun aber bleibt Glaube, Hoffnung, Liebe, diese drei,", las er, „ aber die Liebe ist die größte unter ihnen. Die Liebe höret nimmer auf."

Ernst sah Rosi an und bemerkte ihren leicht gewölbten Leib. Edith schickt mir Mut zu Ostern, dachte er lächelnd. Ostern ist der Tod, die Auferstehung und das Leben.

„Ja, Edith du hast recht." Er nickte langsam.

„Das Leben ist kostbar."

Oda

„Asche zu Asche. Staub zu Staub." Mit einer letzten Schaufel Erde in das Grab meines Großvaters beendete der Pastor seine Predigt. Ich hasse Friedhöfe. Beerdigungen. Abschiede. Gegen den immer größer werdenden Kloß in meinem Hals bin ich machtlos. Du wirst einen ewigen Platz in meinem Herzen haben, Großvater. Es war schön, für eine Weile das Leben mit dir zu teilen. Der Wind ist schneidend. Er treibt mir Tränen aus den Augen. Verdammter Wind!

„Ich bin nicht sicher, Großvater." Nervös atmete ich durch und barg meinen Kopf in den Händen.

„Ich weiß, Fabian", sagte er ruhig, sah mich an und kratzte seinen grauen Vollbart.

Er sog an seiner Pfeife. Für Großmutter war der Rauch Gestank, in meiner Nase war er ein Wohlgeruch.

„Du weißt nicht, ob sie die Richtige ist, nicht wahr?"

Ich hob den Kopf und nickte. Großvater lächelte wissend.

„Karin ist ein nettes Mädchen", stellte er fest.

„Sie ist selbstbewusst. Sie hat einen guten Job und kochen kann sie auch!", fügte ich enthusiastisch hinzu. Opa sog an der Pfeife. Offenbar war sie verstopft. Er nahm einen weißen Pfeifenreiniger aus dem Holzkästchen.

„Ich werde dir jetzt eine Geschichte erzählen, Fabian. Eine Geschichte, die nur für dich ist und ich hoffe, du wirst sie auch für dich behalten. Ich glaube nicht, dass Großmutter davon begeistert wäre." Er hob seinen durch häufigen Tabakgenuss schon gelblichen Zeigefinger. Großvaters bartverwachsene Grübchen zeichneten sich beim Gedanken an „seine Geschichte" deutlich ab. Aber zunächst gönnte er sich einen kräftigen Schluck Rotwein.

„Neunzehnhunderteinundvierzig", begann er gemächlich. Augenglanz beherrschte sein Gesicht, Großvaters Gedanken schwammen fast sechzig Jahre zurück. Ich sah ihn in eine andere Welt gleiten.

„Ich war gerade auf Heimaturlaub. Knapp zwanzig Lenze zählte ich. Noch grün hinter den Ohren und doch schon Soldat. Heimaturlaub galt in jener Zeit als das größte Geschenk. Mir hatte man vierzehn Tage gewährt. Vierzehn lange Tage. Ich war damals in Norwegen stationiert. Wie sich später herausstellte, kein schlechter Ort, um den Krieg zu überleben. Ich wollte meinen Eltern gern etwas mitbringen aus dem fernen Norden. Doch was sollte das sein, angesichts leerer Taschen?

Ich fand einen Stein. Einen, der direkt am Meer lag. Beinahe rund, mit weichen Formen. Eine Hand voll, mit grün glitzernden Einsprengseln. Er schien mich beschwörend anzusehen und so packte ich ihn in meinen Rucksack. Daheim angekommen, schenkte ich ihn meiner Mutter. Man machte sich damals keine großen Geschenke. Mutter freute sich und drapierte ihn mitten im Geranienbeet hinter dem Haus. Vor meinem geistigen Auge sehe ich ihn noch heute dort liegen, unscheinbar grün glitzernd.“

Großvater stocherte mit dem Pfeifenreiniger in der Pfeife herum.

„Ich war unendlich froh, wieder daheim zu sein. Zufrieden schlief ich in der ersten Nacht ein, in der folgenden Nacht auch. Das Glücksgefühl, zu Hause zu sein, beruhigte mich.

In der dritten Nacht aber weckte mich ein Geräusch. Durch die geöffnete Terrassentür drang Jasminduft. Es war eine warme Sommernacht mit Mondlicht und seidenweicher Luft. Eine Hand legte sich auf meine Brust. Ich erschrak und mein Herz donnerte. Sehen konnte ich im ersten Moment nicht viel. Schlaftrunkenheit lähmte meinen Verstand. Die Hand, die mich berührte, war warm und weich. Sie streichelte mich und besänftigte damit meine Angst vor dem Unbekannten. Zärtlich wurde ich geküsst. Sanfter Druck auf meine Lippen ließ mich erstarren. Der leichte Wind von der Terrasse verriet mir: Oda war da.“

Großvater hatte es geschafft, die Pfeife zu reinigen und er befüllte den Kopf.

„Oda hieß sie." Er zündete den Tabak an. „Oda", wiederholte er und sprach so, als ginge es um die süßeste Praline in der Geschichte der Konfiserie.

„Meine Augen gewöhnten sich nur langsam ans Mondlicht. Lange, blonde, gewellte Haare bis zur Hüfte und einen vollen Herzmund erspähte ich. Das Geschöpf, das auf meiner Bettkante saß, war vollkommen nackt. Ihre Taille war schmal und die Hüften kurvig. Die Brüste nicht zu groß und nicht zu klein, eine gute Männerhand voll. Mein Puls raste. Angst hatte ich nun nicht mehr. Odas lockende Lippen liebkosten mich erneut. Hastlos. Samtig. Ganz vorsichtig drang ihre Zungenspitze in meinen Mund vor. Warmer Speichel vermischte sich. Wer bist du? Warum tust du das?, wollte ich fragen. Aber war das nicht einerlei? Oda forderte begierig meine Unterlippe, saugte sie ein. Die sinnliche Wärme ihres nackten Körpers berauschte mich. Das Traumwesen drehte sich zum Mondlicht. Die Haare schwangen zur Seite und für einen Moment konnte ich eine perfekte Nackenlinie sehen. Eine widerspenstige Haarsträhne schob Oda beiseite. Ich streckte meine Hand nach der Ideallinie des Nackens aus. Meine Finger fuhren langsam hinunter. Mit wissendem Lächeln und leisem Stöhnen wurde ich belohnt. Sonst blieb sie schweigsam. Zwei Fremde voller prickelnder Neugier. Nur Blicke, Tasten und Verlangen. Hätte sie zu diesem Zeitpunkt etwas gesagt, so hätte sie die Stimmung vielleicht zerstört. Aber Oda war klug."

Großvater sog den ersten Zug ein und stieß ruckartig Luft aus. Rauchringe entstiegen seinem Mund. Kleine, die immer größer wurden, um sich dann in nichts aufzulösen.

„Odas grüne Augen sahen mich durchdringend an. Begierige Nachtaugen. Sie nahm meine Hand in ihre, zog mich zur Terrassentür hinaus und ich folgte erwartungsvoll. Das frisch geschnittene Gras in Verbindung mit den Stockrosen duftete betörend. Auf dem Rasen, nahe dem Geranienbeet, ließ sie mich los. Jasminduft raubte mir den Atem. Mit katzengleicher Eleganz kniete sich Oda vor mich hin. Was kam nun? Sie entkleidete mich geschickt und schnell. Ich erhaschte einen Blick in ihre grünen Augen. Sie öffnete den Mund, die Zunge fuhr langsam über ihre vollen Lippen. Für einen Moment hob sie ihren Kopf hoch, beinahe, als wollte sie ihre Kehle darbieten. Dann nahm sie mich schnell in ihrem warmen, weichen Mund auf. Fordernd. Mein Verlangen wurde ausgiebig liebkost. Oh Gott, war das himmlisch. Ich stand nackt im Mondlicht mit geschlossenen Augen und genoss ihr Saugen und Lutschen mit Entzücken und doch ungläubig. Mein Herz flackerte, das Atmen wurde schwer. So hätte es für die nächsten Äonen weitergehen können. Doch unvermittelt ließ Oda von mir ab. Was für eine Folter. Ich sah zu ihr hinunter. Warum hörte sie auf? Sie legte sich ins Gras und breitete mit den Haaren einen Fächer aus Gold aus. Eine Wonne, sie zu beobachten. Nur einen Wimpernschlag lang hatte ich sie nicht im Blick. Wie von Zauberhand lag ihr Körper plötzlich in einem Bett von weißen Jasminblüten und bot sich mir dar. Oda öffnete ihren lockenden Mund. Rollte den Zeigefinger auf sich zu. Dann spreizte sie ihre Beine. Vor mir lag die pure Versuchung und ich konnte mich nicht widersetzen. Alles in mir schrie nach mehr. Mein Verstand war ausgeschaltet. Sehen, riechen, hören, schmecken, tasten. Kein Sinn wollte ausgelassen werden. Ich kniete mich zwischen ihre Beine. Schob sie weit auseinander. Ich wollte alles. Mit einem Griff ertastete ich ihr Delta. Feucht. Verlangend und süß. Als ich in sie eindrang, atmete sie schwer. Ich küsste saugend ihren Hals. Das Salz auf ihrer Haut, vermischt mit Sandelholz und Moschus, machte mich wahnsinnig. Rhythmisch arbeitete ich mich dem Gipfel zu. Ich umfasste ihr Becken und drang noch tiefer in sie ein. Oda spielte mit ihren Brüsten. Sie stöhnte. Ihre Vulva schmatzte vor Vergnügen. Oda fühlte sich so gut an. Mit ihrer Enge hielt sie mich verzweifelt fest. Wie ein gefangenes Tier, das nur auf Befreiung hofft, ergoss ich mich in ihrem

Leib, bis uns genussvolle Ruhe geschenkt wurde. Die Stille
der Mondnacht, über uns nur die Sterne. Odas schweißnasser
Körper lag geschützt in Jasminblüten und in meinen Armen."

Großvater lächelte selig.

„Als wir uns vom Rausch der Sinne entfernten und erschöpft zu den Sternen hinaufblickten, sprach sie plötzlich.
„Ich heiße Oda. Bitte bringe mich nach Hause." Ein feines
Stimmchen mit norwegischem Akzent sprach zu mir. Ich war
verwundert: eben noch fordernd, jetzt bittend.

„Wo wohnst du?", fragte ich.

„Dort!" Mit einer anmutigen Bewegung zeigte sie auf das
Geranienbeet. Mein Blick stellte Fragen. Sie richtete sich auf
und stolzierte zu genau jenem Stein, den ich meiner Mutter
geschenkt hatte.

„In diesem Stein wohne ich. Ich bin ein Steintroll. Bitte
bringe mich nach Hause, ich bin hier so einsam." Ich
verstand nicht sofort. Oda stand vor dem Stein. Ihr nackter
Körper, ihre blonden langen Haare, alles löste sich in glitzernde
Kristalle auf und schien im Stein zu verschwinden. Oda war
fort. Die Verzückung einer Sommernacht auch. Bis zum
Sonnenaufgang saß ich neben dem Stein. Verzweifelt versuchte
ich, mit Oda zu sprechen, Kontakt zu ihr aufzunehmen. Nichts.
Bevor meine Eltern erwachten, schlich ich zurück in mein
Zimmer.

Ein Steintroll? Ein norwegisches Märchenwesen? Ich konnte
kaum glauben, was in dieser Nacht geschehen war. Sollten
Steintrolle nicht hässlich und kauzig sein? Oda, komm
zurück! Lass mich dich lieben! Ich schämte mich meiner
heftigen Gefühle. Sollte es ein erotisches Verlangen für nur
eine Nacht gewesen sein? Nein, ich hatte wirklich geliebt. Ein
kurzes, intensives Gefühl. Einmal zu den Sternen und zurück.
Der Schmerz, verlassen worden zu sein, erfasste mich tiefer,
als ich dachte. Und ich war vom Wunsch beseelt, schnell nach
Norwegen zurückzukehren. Mit Oda im Rucksack. Ich streichelte
sie oft und sprach zu ihr. Wenn ich sie schon nicht haben

konnte, so wollte ich doch wenigstens ihren Wunsch erfüllen. Ich brachte sie zum Sandstrand zurück, ganz dicht am Meer. Dorthin, wo sie sich nicht mehr alleine fühlen musste. Zum Abschied küsste ich den Stein. Die grünen Einsprengsel in der Oberfläche schienen zu strahlen."

Großvater stellte sein leeres Rotweinglas ab und kratzte sich am Bart. Seine Geschichte legte sich warm um mein Herz. Er nahm den Bilderrahmen vom Bücherregal – das Hochzeitsfoto meiner Großeltern. Der Blumenstrauß im Arm meiner Großmutter bestand aus weißen Jasminblüten. Lange, blonde Haare, eine schmale Taille, eine Hand voll Busen unter dem weißen Batistkleid und funkelnde Augen ließen keine Fragen offen.

„Fabian", sagte Großvater, „seine Frau sucht man sich mit dem Herzen und dem Verlangen aus und nicht mit dem Verstand." Damit hatte auch ich begriffen. Karin wurde nicht meine Frau. Erst zwei Jahre später traf ich meine Herzensentscheidung.

Großvater starb an einem Spätsommertag, die Rosen blühten, als hätten sie es gewusst. Ein Herzinfarkt beim Heckenschneiden beendete sein Leben. Es hätte ihm sicher gefallen, zu wissen, wo er gestorben ist. Ganz nah am Geranienbeet, inmitten von frisch gemähtem Gras.

Michels Glück

Langsam brach die Nacht über das holsteinische Gehöft mit dem Namen „Hof Fuga" herein. Bauer Michel und Frau Marie machten sich zum Schlafengehen bereit. Halb zehn Uhr abends war eigentlich viel zu früh, um schlafen zu gehen. Doch Aufstehen zwischen drei und vier Uhr in der Frühe gehörte zum Pflichtprogramm für jeden Landwirt.

„Denk daran, Marie, morgen früh muss ich zu Doktor Schult, die Ergebnisse der Untersuchung besprechen. Ich kann dir daher nicht beim zweiten Melken helfen."

Marie nickte ihrem Mann zu. Bauer Michel hatte sich für die Vorsorgeuntersuchung der landwirtschaftlichen Krankenkasse für Männer ab dem fünfzigsten Lebensjahr entschieden, den so genannten „50plus Check". Sein sonnengegerbter Körper zeigte zwar keine Krankheitsanzeichen, aber Michel wollte lieber auf Nummer Sicher gehen. Man konnte schließlich nie wissen, welche Leiden im Inneren schlummerten. Beinahe hätte ihn die letzte Erkältung endgültig niedergeworfen, davon war er überzeugt. Wie er auch nach seiner Selbstdiagnose im letzten Sommer überzeugt gewesen war vom Hautkrebs im Endstadium, der sich doch nur als Sonnenallergie entpuppt hatte. Da verstand er keinen Spaß. Die Kopfschmerzen vor Weihnachten hätten ohne Weiteres Vorboten eines inoperablen Tumors im Gehirn sein können. Marie allerdings lachte nur über ihn, wenn er an jedem Schnupfen zu sterben drohte, zehrende Krankheiten entdeckte oder sein Testament sorgfältig umformulierte. Männer funktionieren eben anders, schien sie zu denken. Männer als Helden des Daseins.

Die Nacht war viel zu schnell vorbei.

Mit dem ersten Hahnenschrei ging es hinaus zum Melken der Kühe. Schlaftrunken verrichteten der Bauer und seine Frau die ersten Arbeiten des Tages. Rosi und Erna, die schwarzbunten Kühe, freuten sich auf ihre alltägliche

Behandlung. Der Bauer hingegen brummte frühmorgens missgestimmt vor sich hin, er arbeitete ungern als Landwirt. Als es damals um seinen Beruf gegangen war, hatte er nicht frei wählen dürfen. Sein Vater lebte vom Vieh, sein Großvater und ebenso dessen Vater. Jedes Sträuben war also vergeblich. Fernfahrer hätte er gerne werden wollen, um fremde Länder mit einem Dreißig-Tonner-Diesel zu durchreisen. Das wäre sein Traum gewesen, als einsamer Reiter durch die Kälte der Fremde. Eine bunte, zerplatzte Seifenblase.

Michel machte das Beste aus seinem ungewollten Bauerndasein und sagte sich: Was man nicht ändern kann, darüber soll man sich nicht grämen. Ab und zu bereitete Landwirtschaft auch Freude. Gute Ernten, Kälbernachwuchs und die alljährlichen Erntedankfeste boten Befriedigung und angenehme Abwechslung.

Die Praxis von Dr. Schult war frühmorgens normalerweise gut besucht. Heute jedoch saß Michel allein im Wartezimmer. Schon nach wenigen Minuten wurde er ins Sprechzimmer gerufen und die sonst eher schnippische Sprechstundenhilfe geleitete ihn betont freundlich zur Tür des Behandlungsraums. Der für gewöhnlich bärbeißige Arzt eröffnete die Konsultation mit einem warmherzigen Lächeln. Michel wurde ganz anders.

„Michel", begann der Doktor, „wie lange kennen wir uns schon?"

Michel spürte instinktiv, dass diese harmlose Frage die Einleitung zu einer schlimmen Mitteilung sein würde. Er ertrug den Gedanken nicht, er wollte es kurz machen.

„Ach, Herr Doktor, heraus damit, wie ernst steht es um mich?" Seine Stimme zitterte. Er meinte, von weit her Glockengeläut zu hören und faltete schicksalsergeben die Hände.

Mit nachdenklicher Miene schob Dr. Schult die silberfarbene Halb-Lesebrille ein Stückchen tiefer, beäugte seinen Patienten und hob die linke Augenbraue. In sonor-besänftigendem

Tonfall eröffnete er Michel die Diagnose: Schweres Herzleiden. Michel griff sich theatralisch an die Brust. Mit vielen lateinischen Ausdrücken, die Michel nicht kannte und die wie graue Wolken an ihm vorüberjagten, versuchte der Arzt, den besorgniserregenden Gesundheitszustand möglichst schonend zu beschreiben. Glockenklingeln von weit her schien seine Worte zu untermalen.

Michel verstand nur, dass ihm nur noch bis Weihnachten Zeit bliebe und er solle sich mit dem Unabänderlichen abfinden. Unabänderlich, bis Weihnachten.

Schneller als gedacht stand er wieder auf der Dorfstraße. Als ob der Arztbesuch im Zeitraffer vorbeigerauscht wäre. Unab-änderlich, Weihnachten.

Benebelt von angstvollen Gefühlen ging er die Straße zurück, vorbei an der weiß getünchten Christuskirche. Michel war nicht völlig ungläubig. Seine bäuerliche Schläue hatte sich aber gegen die Kirchensteuerzahlung entschieden und für das Vertagen der Frage, ob es wirklich einen Gott gibt. Wozu jetzt schon glauben, wenn er später dem Herrn persönlich gegenüberstehen würde – reine Geld- und Zeitverschwendung.

Pastor Hermann und dessen Trinkgewohnheiten kannte er allerdings. ‚Ein Schnäpschen in Ehren kann niemand verwehren, auf einem Bein kann niemand stehen, Alkohol, mein Sohn, ist gesund, weil rein vegetarisch‘ – die Redensarten des Pastors waren lebensnah, volkstümlich und allgemein beliebt. Wenngleich ihnen ein hoher Wiederholungsfaktor die rhetorische Frische nahm.

Pastor Hermann öffnete die wuchtige, knarrende Kirchentür.

„Moin, Michel“, sagte er freundlich lächelnd. Schon wieder einer, der freundlich ist, dachte Michel. Ob der Pastor etwa schon Bescheid weiß?

„Michel“, der Herr Pastor schaute ihn fragend an, „was ist denn los mit dir?“ So scheinheilig konnte nicht einmal ein Pastor fragen, und aus Michel sprudelte noch vor der Tür das Unerträgliche heraus. Der erstaunten Miene des Pastors ent-nahm Michel, dass der Gute aus seinen Worten nicht sofort schlau wurde, doch er war nicht zu bremsen. Bis Weihnachten, endete die Rede. Bis Weihnachten.

Pastor Hermann führte sein Schäflein behutsam in die Kirche. Mit allen vom Herrn verliehenen Kräften versuchte der Gottesmann, Michel zu beruhigen und Trost zu spenden. Er schwamm dabei in seinem Element und beteuerte am Ende, von der eigenen Predigt ergriffen, dass es dem Herrn ein Wohlgefallen wäre, einen fähigen Bauern in seinem Reich aufzunehmen. Säen und Ernten im Garten Gottes, das würde den Herrn freuen.

Stille.

Hmpf, dachte Michel, das sind aber sehr unerfreuliche Aussichten, schon wieder Landwirt? Er hatte auf etwas anderes gehofft, wenn ihm jemand den Garten Eden versprach. Viele Glöckchen klingelten. Gruftige Kälte kroch Michels Beine empor, die Kirche wurde plötzlich eiskalt.

Schneller als gedacht stand er wieder auf der Dorfstraße. Pastor Hermann rief ihm noch frohlockend „es gibt dort bestimmt auch Schwarzbunte, so eine Freude! Gott liebt all seine Geschöpfe!" hinterher. Auch das noch, dachte Michel, sogar im Himmel soll ich zu unchristlicher Zeit aufstehen und melken.

Still trug er drei Tage die Last der düsteren Gedanken in sich, um Marie zu schonen. Am vierten Tag zog er die Bilanz seines Lebens. Ich bin Landwirt, obwohl ich niemals Landwirt sein wollte. Ich hasse diese Arbeit. Wie ein Wurm in der Erde wühlen, Kühen an den Eutern ziehen, Hühnern die Eier stehlen und ihnen beizeiten den Hals umdrehen, Rosi und Erna striegeln. Wenn ich diesen Beruf auch im Himmel für den Herrn aus-üben muss, überlegte er, so ist das sicher nicht der Himmel für mich. Es wäre gewiss kein Aufstieg, schon wieder als Bauer zu schuften. Ich möchte lieber eine Veränderung zum Besseren, da bleibt nur der Abstieg in die Hölle. Dort gibt es vermutlich rassige Frauen, harten Schnaps, Kartenspiel und mein geliebtes Pfeifchen könnte ich dort auch rauchen, ohne dass es jemandem auffiele.

Doch wie soll ein unbescholtener Bauer in die Hölle gelangen? Michel hatte von den sieben Todsünden gehört und sich für seine Lieblingssünde entschieden. Sünde sollte schließlich mit Vergnügen gepaart sein und seine Wahl fiel auf die Völlerei. Von Wollust und Unkeuschheit beschloss er, die Finger zu lassen, denn so viel Hölle, wie Marie ihm dann bereiten könnte, wollte Michel denn doch nicht erleben.

Das Erntedankfest auf Hof Fuga:

Bier und Schnaps flossen in Strömen, das dicke Schwein „Isabella" drehte am Spieß munter seine Runden, die Tafel bog sich, Sahne, Zucker, Butter und Schweineschmalz – die Höllenvorboten, lachten in Form unzähliger Leckereien. Ein ganzes Dorf feierte ausgelassen. Michel rechnete sich aus, dass angesichts des Saufens und Fressens die meisten Dorfbewohner ihre letzte Reise mit leichtem Gepäck antreten werden. Denn am Ziel würde es heiß sein.

Das Fest neigte sich dem Ende zu. Pastor Hermann lag sturzbetrunken und schnarchend im Bewässerungsgraben am Rande des Maisfelds. Hinnerk, sein Nachbar, litt unter Alkoholvergiftung und füllte den Schweintrog mit seinem Innersten und Heidi, die Dorfschönheit, verschwand bereits zum dritten Mal mit männlicher Gesellschaft in der Scheune. Auch Michel hatte an seinen Zukunftsaussichten gearbeitet, er und sein Kopf lagen betäubt vom klaren Korn der Länge nach auf dem eichenen Küchentisch. Lautes Klopfen und Scharren hoben ihn aus der alkoholischen Umnachtung. Michel hievte seinen Kopf empor, langsam und kleinäugig sah er sich um. Ein großer, dunkler Mann stand in seiner Küche. Michels Augen versuchten, sich zu schärfen. Es stank beißend nach Schwefel. Der Mann hatte ein seltsames Bein, wie das eines Pferdes. Michel schreckte hoch. Das konnte nur eins bedeuten. Nach seinem Herz tastend, fühlte er – nichts. So schnell kann es zu Ende gehen.

Der dunkle Mann lächelte merkwürdig. Schon wieder lächelt mich jemand an, dachte Michel, langsam wird es unheimlich. Dann erblickte er den Dreizack des mächtig nach faulen Eiern stinkenden Kerls.

Von einem auf den anderen Moment war Michel hellwach. Er hatte den Dreizack im Visier. „Nein", schrie er, „um Gottes Willen, nicht schon wieder eine Mistgabel!" Schweiß rann sein Gesicht hinab, Gedankengewitter blitzten. Zuerst soll ich das Himmelreich beackern und nun hat Gottes Gegenspieler auch nichts Besseres im Sinn, als mich mit landwirtschaftlichem Nutzgerät zu begrüßen. Die beiden Herrschaften müssen sich abgesprochen haben!

„Nein, ich will kein Landwirt sein!" So laut hatte Michel sein Lebtag noch nie geschrien. Die Stimmbänder versuchten, der außergewöhnlichen Belastung Herr zu werden. Marie war mitsamt der Bettdecke aus dem Bett gefallen und beäugte ihren Mann aus sicherer Entfernung. Der wimmerte nur noch.

„Michel", Marie, noch immer auf dem hölzernen Boden liegend, tastete sich einfühlsam vor, „ich vermute, du hast schlecht geträumt."

Michel wimmerte weiter.

„Wir müssen aufstehen, wir haben noch einen langen Tag vor uns. Wir müssen Rosi und Erna melken und du musst Dr. Schult aufsuchen, um das Ergebnis der Untersuchung zu erfahren." Maries Augen hofften auf Normalität. Langsam, sehr langsam kam Michel zu sich. Er nahm die Farben seiner Umgebung wahr und auch, wie Marie auf dem Boden lag und die Bettdecke verkrampft über ihrer Brust zusammenhielt. Ruhig atmete er ein, glücklich, nur geträumt zu haben. Er fühlte zum ersten Mal nach langer Zeit bewusstes Leben durch seinen Körper strömen. Schlagartig wurde ihm klar: Er würde mit Marie bald ein anderes Leben führen, weit weg vom Bauerndasein. Mit dem nächsten Atemzug sog er den imaginären Dieselduft seines Trucks ein. Vor seinem geistigen Auge sah er durch riesige Windschutzscheiben wildromantische Landschaften vorbeiziehen. Allerdings keine, die er zu beackern gedachte.

Sich ändern – bis Weihnachten. So viel hatte er verstanden, das sollte die Botschaft sein. Er meinte, den Anfang eines von Glockenklängen untermalten Liedes zu hören: ‚Er fährt nen Dreißig-Tonner-Diesel und ist die meiste Zeit auf Tour, und er gibt dabei sein Bestes, Tag für Tag rund um die Uhr ...‘

Johanna Anna Wilhelmine

Eine jener Unwägbarkeiten des Lebens, auf deren nähere Beschreibung getrost verzichtet werden kann, brachte mich in die horizontale Lage dieses widerwärtig weißen Klinikbetts.

Die Schwester schob mich verdrießlich ins würfelförmige Zimmer. Hätte ich erwähnen sollen, dass ich Privatpatientin bin? Wäre er dann freundlicher gewesen, dieser Pflegegeist, der so gar nicht mit herkömmlichen Patientenfantasien in Einklang zu bringen war? Vermutlich nicht. Die Schwester grunzte. Oder waren das warme Worte? Das Herzchen schob mich ans Panoramafenster des Zweibettzimmers.

Dieser Tag hatte es in sich. Ich hasste mein Leben, meine Arbeit, meinen Zwangsaufenthalt im Krankenhaus und Schwestern, die grunzten und mir Beruhigungstabletten verabreichten. Morgen würde ich unters Messer kommen, hieß es. Gefügig sollte ich sein.

Sogar unter Medikamenteneinfluss brachte ich die Kraft auf, mich und mein Leben zu hassen. „Wohin du auch gehst", hatte mein Vater einmal gesagt, „du wirst dich immer mitnehmen."

Schrecklich, dem eigenen Ich nicht entfliehen zu können. Ich schaute hinauf zu den Wolken, bizarr gerötete Gebilde in der untergehenden Sonne. Ein Stöhnen lenkte mich ab. In der äußersten Zimmerecke lag jemand im Bett. Ein großer, weißer Haufen ohne Gesicht. Die Menschin schob ihre Bettdecke beiseite. Der Farbton des Gesichts unterschied sich kaum von der Klinikwäsche. Weiß, grau. Grauweiß.

Die alte Frau im Nebenbett blickte mich an. Lange. Ich starrte zurück. Dem Blick standhalten. Ein geistiges Duell, dachte ich. Ein „Hallo" zerriss die Stille. Es kam von mir. Das faltige Gesicht und die müden Augen strahlten etwas Merkwürdiges aus. Ihre Hände hielten das Bettzeug von sich fern. Ein Ausguck in die Welt. Pergamentene Hände mit verkrümmten Fingergelenken. Uralte Hände in frischen Laken. Gegensätze ziehen sich an. Für einen Moment fürchtete ich, den Rest meines Klinikaufenthaltes lange Geschichten der von Krieg, Hunger und Granaten traumatisierten Generation zu hören. Nur für einen Moment. Ihre Lippen zitterten.

„Ich will nicht vergessen werden“, sagte eine brüchige Stimme als zarte Bitte an diese verbleibende Welt. An mich. Es war niemand anderes da. Ein Satz wie ein Keulenschlag. Man hätte mich auch in Eiswasser tauchen können. Was sollte ich dazu sagen? Nett sein gehörte noch nie zu meinen Stärken.

„Kein Mensch wird jemals vergessen.“ Besser konnte ich es nicht. Meine Seele wollte so ein Gespräch nicht. Mein Körper aber ließ keine Flucht zu.

„Mein Sohn starb früh. Mein Mann ging vor ein paar Jahren heim. Ich bin zu alt geworden. Die Letzte in einer Kette. Keiner wird sich an mich erinnern.“

Stille. Zwei Fremde, die einander unvermittelt sehr nah waren. Unangenehm nah.

„Wenn keiner meinen Namen mehr kennt“, fuhr sie fort, „so ist es doch, als wäre ich nicht gewesen.“ Eine Träne rann ihr Gesicht hinab. Angst vor dem Vergessenwerden. Salzige Feuchtigkeit entstieg auch meinen Augen, tropfte lauthals auf mein Kissen. Plock. Ich hasste mich dafür. Plock.

„Keiner wird um mich weinen.“

Plock. Plock.

Unendliche Müdigkeit überfiel mich. Ich wollte nicht einschlafen. Ich sah sie an, ihren flehenden Blick. So sehr ich mich auch bemühte, die Dunkelheit umarmte mich. Die Medizin tat ihre Wirkung.

Benommen erwachte ich am nächsten Morgen. Es dauerte eine Weile, bis ich Zeit und Raum auseinanderhalten konnte. Mein Bett wurde bewegt. „OP“, raunte man mir zu.

Wo war die alte Dame? Ich zupfte am Ärmel der Krankenschwester. Wo war sie?

Ich solle mir keine Gedanken machen, lautete die Antwort, man würde mir später alles erklären. Als ich schrie, entschied man anders.

„Sie war doch schon alt. Da stirbt man halt."

„Was?", schrie ich. Wegen meines Bluthochdrucks sah man von der bevorstehenden Operation ab. Morgen vielleicht.

„Wie hieß sie eigentlich?", fragte ich, als sich die Situation entspannt hatte. Nur, um mich zu beruhigen.

„Weiß ich nicht genau", antwortete Schwester Grausam.

„Wie hieß sie?", brüllte ich erneut. Eine Welle des Hasses, der sich in mir seit geraumer Zeit aufgestaut hatte, entlud sich.

„Johanna Anna Wilhelmine waren ihre Vornamen, glaube ich." Die zitternde Krankenschwester zog eine Beruhigungsspritze auf.

Ich atmete tief durch. Johanna Anna Wilhelmine, das passte zu der alten Dame. Nur Vornamen. Aber es reichte. Ein Singsang an Vornamen. Johanna Anna Wilhelmine. Meine Gedanken erfassten ihr faltiges Gesicht, ihre verkrüppelten Hände und ihren sehnlichsten Wunsch, nicht in Vergessenheit zu geraten. Hass und Wut der letzten Tage entwichen.

Johanna Anna Wilhelmine, ich werde dafür sorgen, dass du nicht vergessen wirst. Ganz bestimmt. Sanft drückten mich zwei Einheiten einer unbekannten klaren Flüssigkeit zurück ins Kissen. Angenehme Distanz brachte mir die Eingebung: Schreiben gegen das Vergessen. Ihre Geschichte schreiben. Als ich die Augen schloss, erfasste mich die panische Frage: Und wer wird je meiner gedenken?

Inhalt

Außerdem von Wolfgang A. Gogolin erhältlich:

DER PUPPENKASPER
Weibliche Macht – Männliche Ohnmacht

Tim bekommt als Achtjähriger ein Aquarium geschenkt, mit hübschen Männchen und hässlichen Weibchen. Das Aquarium wird zum Symbol seines Lebens: Alleinerziehende Mutter und Emanzen-Lehrerin möchten ihn zum Frauenversteher erziehen.
Denn Frauen sind seit Jahrhunderten schutzbedürftige Opfer, Männer dagegen Täter. Tim erlebt im Lauf der Jahre, wie er selbst gegenüber Frauen benachteiligt wird. Beim Wehrdienst, im Berufsleben, sogar vor Gericht. Das ist nicht mehr amüsant. Tims Leben verläuft anders, als Mutter und Lehrerin sich das dachten.Ganz anders...

ISBN 3-8334-0946-0   126 Seiten   Euro 7,90

www.puppenkasper.de

Vielen Menschen läuft es warm am Bein herunter, wenn sie ihre Vorurteile über Beamte bestätigt sehen. Deren Sexappeal beschränkt sich angeblich auf ausgeprägte Ordnungsliebe, im übrigen täten die Herrschaften in den Ämtern nichts. Dabei machen Beamte sehr wohl etwas: Sie machen sich Gedanken! Über das Dasein und das Hiersein, über Erotik und Obsession, über Beförderung und Karriere, über Mett und Wurst.
Davon handeln diese kurzen Geschichten. Und jeder, der bisher die hergebrachten Grundsätze des Berufsbeamtentums belächelte oder gar respektlos schmähte, wird auch etwas machen: Er wird sich schämen und Amtsträgern künftig mit der gebotenen Hochachtung entgegentreten.

Zur Entspannung sind auch sechs garantiert beamtenfreie Stories dabei!

ISBN: 3937274960   104 Seiten   € 6,90
www.beamte-und-erotik.de

KARAWANE DES GRAUENS

Trotz der auf den ersten Blick trocken anmutenden Thematik 'Amt und Behörde' lässt sich das Werk in einem Zug durchlesen, man möchte die spannende, teilweise auch ein wenig verstörende und unebene Geschichte unbedingt weiterverfolgen.

Der Autor, selbst jahrelang im öffentlichen Dienst tätig, hat keine nur erfundene Fantasiegeschichte aufgeschrieben oder altbekannte Beamtenwitze nacherzählt, sondern kann auf eigene, komische und leidvolle Erfahrungen in diversen Behörden zurückblicken und tut das in höchst origineller Weise, dabei keineswegs immer politisch korrekt. Sexuelle Verklemmungen und Frauenbeauftragte werden in Gogolins fachkundigem Blick hinter die Amtskulissen lustvoll böse und bewusst intolerant aufs Korn genommen, ein intellektuelles Lesevergnügen! **mmp pressedienst**

ISBN 3-8311-4020-0   208 Seiten   Euro 11,90

www.karawane-des-grauens.de